Pasar el Infiernillo

Pablo Donzelli

La Papa | Libros Tucumán

Ilustración de tapa e interiores: Rosalba Mirabella

Pasar el Infiernillo / Pablo Donzelli
1a ed - San Miguel de Tucumán:
La Papa Editorial y Libros Tucumán Ediciones, 2022
92 p. ; 21 x 14 cm

ISBN 978-987-47712-3-0

1. Narrativa Argentina. 2. Novelas. I. Título.
CDD A863

Fotografía del autor: Pablo Iovane

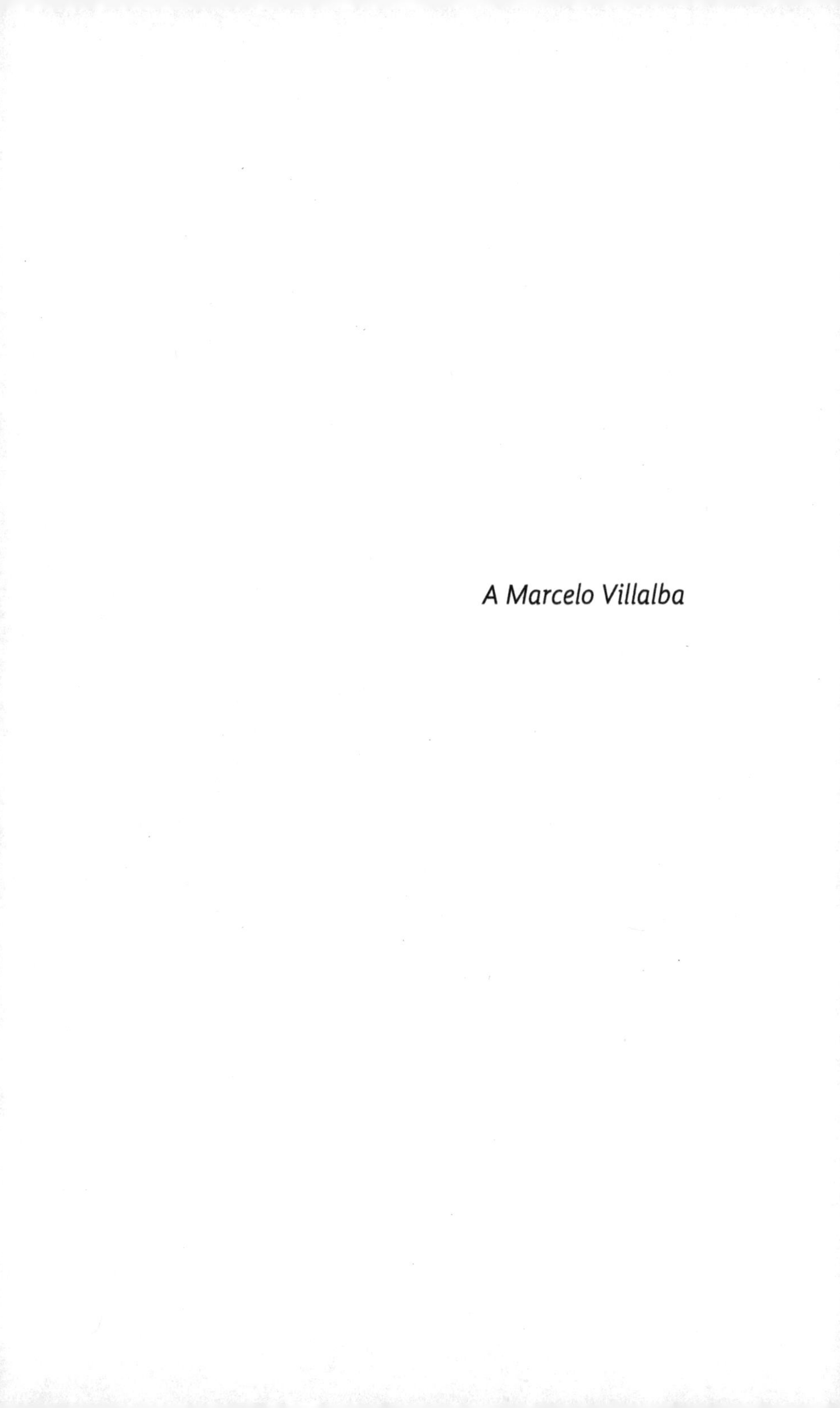

A Marcelo Villalba

Día 1

Camilo tardó en comprender que se encontraba en el baño de su casa. Se sentó con dificultad en el piso. Miró alrededor intentando recordar las distintas secuencias que lo habían llevado hasta allí, pero en su memoria había un hueco importante. Se sorprendió al descubrir la bacha donde se lavaba las manos: inclinada hacia abajo, apenas sostenida por dos tornillos a punto de soltarse. Un tremendo peso la tendría que haber forzado. Se puso de pie y dentro del lavamanos descubrió el origen del olor nauseabundo: su propia mierda.

Más de una vez le habían dicho patético, pero nunca hizo mucho caso al comentario. Ahí, desnudo, sucio, con una fuerte resaca, esquivaba mirarse en el espejo porque no quería decírselo a sí mismo, no sabía si lo podría tolerar.

Giró el grifo izquierdo y se le hizo eterno el tiempo que duró en entibiarse el agua de la ducha.

Mientras le caía el agua por todo su cuerpo y le menguaba el dolor de cabeza ya pensaba que sobreviviría. A pesar del dolor intenso alojado cerca del hígado, con hermosos recuerdos que no volverían, con una angustia silenciosa, sobreviviría. Antes, tenía que limpiar el baño.

Después de buscar algo de ropa en el dormitorio, se asomó al balcón: una ráfaga de viento le refrescó la cara. Disfrutó unos instantes del aire que le acariciaba el pelo mojado y formaba pequeños remolinos con hojitas secas en el piso. Luego se detuvo un momento a observar los cuadros que colgaban en la pared: eran réplicas de obras famosas. Entre ellas notó la presencia irritante del portarretratos; de un manotazo lo arrojó lejos. En algún otro momento recogería los vidrios, pensó y salió molesto en dirección a la cocina. Tomó unas cuantas bolsas de plástico de las que guardaba cuando regresaba del supermercado y se puso unos guantes. Volvió al baño. Recogió la inmundicia. Miró por la cerradura de la puerta. Al no ver a nadie, salió y tiró todo en el basurero comunitario. Volvió a la cocina y se lavó bien las manos con detergente. Mientras se calentaba el agua de la pava sacó de la heladera un medio limón y lo exprimió en un vaso de soda. Lo bebió con un solo movimiento y sintió que su cuerpo se lo agradecía. Cambió la yerba del mate. Se sentó cruzando sus flacas piernas y con la mirada clavada en la ventana con cortinas amarillas terminó todo el termo. Tomó una esponja y limpió la pileta del baño. Envolvió el utensilio en una bolsa y también fue a parar al tacho de basura que quedaba al lado de las escaleras. Finalmente colocó una silla abajo del lavamanos y apilando algunos libros de la colección Billiken le dio el nivel que tenía antes. Después ya sabía los pasos a seguir.

Buscó en una baulera su vieja mochila y la puso sobre la cama tendida desde hacía ya varios días. La cargó con ropa, jabón, desodorante, cepillo de dientes, dentífrico, papel higiénico, un par de sánguches y una bolsa de dormir que lo acompañaba desde la infancia. Miró el televisor apagado, que acababa de comprarse con el aguinaldo. Hizo una mueca de desprecio, como haciéndole entender que ya no lo necesitaría más. Se puso una gorra con visera y salió del departamento. Bajó reflejándose hasta el infinito en los espejos del ascensor, saludó al portero y abrió la puerta de vidrio enrejada. En un primer impulso iba a tirar las llaves, pero lo pensó mejor y se las puso en el bolsillo. No miró atrás y se adentró en el invierno permisivo de ese año.

Edificios de entre diez y veinte pisos lo rodeaban. Y muchos autos que hacían sonar sus bocinas impacientes. Cada tanto lo asaltaba el olor de alguna panadería. Al pasar veía sujeto con broches el diario local que compraba todos los días y que ya no le interesaba. Caminaba decidido, sabía que en poco tiempo la altura de las moles de cemento se iba a reducir junto con el bullicio de una ciudad que se estaba despertando.

Pasó Camilo por el lugar donde tomaba el colectivo para ir a su trabajo sin disminuir el ritmo. Pasó por varias paradas hasta llegar a una plaza donde un barrendero levantaba con dedicación cada objeto y lo colocaba en un tacho amarillo. Se tomaba todo el tiempo del mundo. Antes de soltarlo en el recipiente, lo estudiaba con mucha atención. En cuanto se percató de la presencia de Camilo se dirigió a él sin siquiera saludarlo.

—Usted está lleno de prejuicios. Dude, amigo, dude de todo. Dígame, ¿qué cree usted que hago?

—Levantar la basura.

—¡No le digo! Usted da por hecho que porque las cosas estén en el suelo ya son desperdicios. Y la razón de que se encuentren allí es porque alguien las tiró, o una vez allí, nadie encontró un motivo para darle una función. Son problemas de las personas y no de las cosas. Mire esta tuerca.

Y la levantó con gran habilidad sosteniéndola con la escoba y la pala.

—Mire, es hermosa. Seguramente se enrosca de mil maravillas. Y hay un tornillo que fue realizado para esta muñequita. Cuando encuentre el tornillo, el compañero con quien está destinada a complementarse, tendrá nuevamente su función original. Usted ni se dio tiempo a pensar, posiblemente esta tuerca viajó más de lo que usted lo hará en toda su vida. Puede que venga de China, puede que estuviera en la Segunda Guerra Mundial, o que tenga restos de sangre de alguien que participó en el Mayo Francés. Puede que sea testigo de los infructuosos intentos de industrialización de este país, o que haya sido parte de una obra de arte en donde la tragedia fue la separación de su compañero.

—Siempre es una tragedia separarse.

—No se confunda. No, amigo, hay separaciones y separaciones, como vasos medio llenos y medio vacíos, si me permite la burda metáfora. Y para ver una tuerca hay que acercar la vista, pero para saber sobre las cosas humanas conviene alejarse, alejarse en el tiempo. Sí, cuando hay una separación de alguien que se quiso mucho, duele. Es lógico que duela, porque parte de usted se desgarró, una parte de su cuerpo se fue con aquella de quien se ha separado. Usted tiene un agujero como esta tuerca, ¿cómo no le va a doler? Tiene un agujero como si una bala de cañón de los barcos piratas lo hubiera atravesado limpiamente. Ahora no le queda más que ir rellenando ese agujero, con otro clavo y otra burda metáfora, con algunos logros. O como en su caso, con un viaje. No lo llene con rencor porque va a quedar parecido a los malos de las novelas, pero sin dinero. Siga su instinto porque todavía no está listo para ver lo mejor; dude y disfrute del viaje, mire al suelo de vez en cuando, que ahí también hay belleza. Yo sigo con mi tarea porque no me pagan para avivar giles. El barrendero dio dos pasos y se detuvo ante una colilla de cigarrillos. La miró rodeándola como para tener toda una panorámica del desecho. Su concentración era tal que nada más en el mundo parecía existir. Camilo quedó atónito. Tenía ganas de insultarlo, pero al no ocurrírsele nada optó por seguir caminando.

Quedó mascullando bronca. Miraba al piso, pero sin buscar belleza. Si se descuidaba, empezaba a hablar solo y cada tanto hacía gestos con la cara. Es que se había quedado atrapado en un diálogo interior: le contestaba una y otra vez al barrendero y a cada cuadra que avanzaba mejoraba las respuestas. Estuvo un buen tiempo así, hasta que un bocinazo lo hizo retroceder y apenas pudo evitar que una camioneta lo atropelle. Se dio cuenta de que estaba cruzando sin ver una avenida muy transitada. Miró los semáforos. Allí había vendedores de frutas y de distintos utensilios de cocina, adolescentes que se ofrecían a limpiar los vidrios de los autos y un muchacho que andaba en un monociclo. Esperó que terminara la luz roja y se lo pidió por unos minutos. El joven, amable, se lo prestó con una sonrisa burlona. Intentó varias veces hacer equilibrio, pero siempre su cuerpo se iba para adelante.

Estaba acostumbrado al manubrio de las bicicletas. Comprendió que no iba a ser fácil aprender a andar sin la mitad que había perdido. Una borrachera de dos días lo anesteciaba. No podía andar por su vida habitual, se caería, le habían sacado el manubrio. Él ahora se sentía una mitad de limón, y exprimido. No iba a ser fácil andar con lo que le quedaba de su vida. Supo lo que podía hacer: apretar los dientes y alejarse.

Siguió por la misma calle. Después de un par de horas logró tomar distancia de la zona céntrica. Los edificios desaparecieron. Las casas se iban volviendo más humildes y no todas las calles estaban señalizadas. Sentía que el millón de habitantes se quedaban en el centro, amontonados, uno sobre otro. Un perro lo miró. Camilo se detuvo y pensó que el animal lo entendía, a juzgar por su mirada llena de pena. Le acarició la cabeza. Se sentó en el cordón blanco, dispuesto a almorzar.

"Yo hubiera sido de esos perros chiquitos que se mantienen a distancia de la perra en celo ladrando a lo loco", pensó. "O ni siquiera ladraría", se corrigió después. Tomó los dos sánguches y le dio uno al animal. El perro lo comió de un bocado.

"Estoy muy sensible", pensó Camilo y se puso a mirar el cielo. No llovió. Las nubes pasaban por sobre su cabeza. ¿Será que todo pasa?, preguntó. Sacó su bolsa de dormir y, amparado por unos árboles, se acostó. Sin que nadie lo moleste, pero inseguro por la intemperie, pudo dormir de a ratos. Observando que el sol había cambiado de posición, decidió levantarse. El perro ya no estaba.

Reanudó su andar. Aparecieron sitios baldíos y casas muy precarias de chapa y madera. Había autos abandonados y en algunas esquinas se habían formado verdaderos basurales. Se escuchaban parlantes con música de cumbia a muy alto volumen. Estaba dejando la ciudad. En otras oportunidades hubiera tenido miedo de caminar por allí, pero ahora no tenía nada que perder. Por fin, cuando gracias a la ausencia de los edificios podían verse los cerros celestes y el sol ponerse, la calle que venía recorriendo se convirtió en ruta.

Sentía ya que sus piernas le pedían un descanso. La idea de hacer dedo se le pasó por la cabeza, pero tan veloz como los autos que transitaban por el camino desapareció en el horizonte. Se detuvo y respiró hondo. El aire ya era distinto. La vegetación era abundante en cañas de azúcar y en cañas huecas. Reinició la caminata. Algunas casas señoriales con jardines llenos de flores se asomaban silenciosas. Parecía que nadie las habitaba porque no se veía ningún movimiento. Llegó a una estación de servicio donde compró un agua mineral. En un momento pensó en quedarse allí hasta el día siguiente, pero cambió de opinión. Seguiría caminando. No lo hizo por mucho tiempo más. Después de pasar tres casas se detuvo frente a una que le llamó la atención. Estaba pintada de azul, quizás allí pudiera pedir albergue. Golpeó las manos.

—Te estaba esperando, pasá.

Camilo nunca había visto a esa señora de sonrisa dulce y pelo blanco, blanco.

—Acá hay mucho por hacer, si trabajás toda la mañana en lo que te diga, puedo darte una habitación y prepararte una buena comida.

—Muchas gracias —dijo y entró.

Camilo se sintió bien. Varias habitaciones y paredes anchas. Muebles viejos, olor a madera y una biblioteca que cubría casi todas las paredes, una colección de piedras, de campanas de bronce, de lechuzas. Se escuchaba Vivaldi (la señora dijo: Vivaldi) por todas partes y no se veía desde dónde provenía el sonido.

La señora le indicó una pieza dónde dejar su mochila y después lo condujo al estar más grande donde lo invitó a sentarse en un sillón cerca de la chimenea encendida.

Ante la mirada del recién llegado le dijo:

—No colecciono cosas bellas, trato de que mi casa sea bella.

Camilo se sintió como en un barco. Quedó solo el tiempo en que la mujer se fue a preparar la cena. Se miró en un espejo oval de pie con un marco de hierro con abundantes detalles y se notó más flaco que el día anterior, y un poco más encorvado, pero todavía podía mirarse sin sentir que todo había terminado. Creyó descubrir un hilo de esperanza en su mirada. Su pelo desordenado ya estaba necesitando un corte. La señora regresó de la cocina con dos platos suculentos, un guiso que tenía hasta duraznos. Descorchó un vino tinto.

Al rato la señora cortó el mutismo agrio de Camilo.

—Estás muy triste.

—Muy triste, me separé.

—Podría decirte que todo pasa. Ella estará bien y vos estarás bien. Hay que transitar este momento, transformarlo. Y sabes qué... vas a olvidarla, lo que te angustia es que también sabés que te va a olvidar. Hacé un libro. Contá esto que les pasa a todos, contá que todo pasa.

El resto de la cena transcurrió en silencio. Camilo trataba de disfrutar la comida; de a ratos lo conseguía, pero se le atravesaban también pensamientos como rayos que lo laceraban. Se le aparecía en la mente esa mirada de enamorada que alguna vez le destinaron a él. Pero un mediodía en el que volvía del trabajo a pie porque quería mantenerse en forma la vio doblando en una esquina, sonriendo feliz, el pelo suelto, de la mano de aquel nuevo amigo, escuchando atenta los chistes que el tipo le hacía.

Lavó los platos, dijo buenas noches y se fue a dormir. La cama era muy cómoda. Rechinaba un poco, el colchón era blando, pero las colchas lo abrigaban plácidamente.

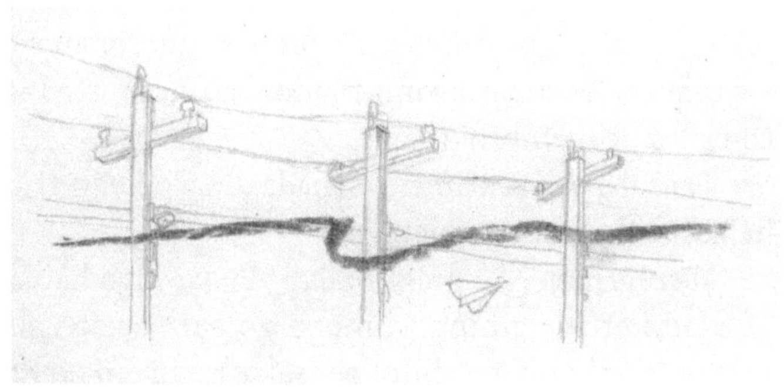

Día 2

Soñó Camilo que estaba en un bar: ella se daba vuelta desde otra mesa, lo reconocía y lo saludaba con la sonrisa que él, tanto conocía. Se desesperó por ir a buscarla, parecía que lo estaba esperando. Cuando avanzaba decidido, todo se desfiguró llevándolo a una habitación vacía. Los gallos anunciaron que era hora de devolver con trabajo tanta generosidad recibida.

Se despertó y encontró la casa completamente iluminada. Se vistió, se puso la gorra que había dejado colgando en el respaldar de la cama, y salió en busca de la señora. Encontró en la sala un piano de cola reluciente que no había notado la noche anterior. Había cuadros de variados estilos, originales, realizados por artistas locales, pero prestó más atención a las piedras de una vitrina, una colección delicada que parecía contener ejemplares de todo el mundo, que ahora recibían la luz de la mañana, como imbuidas de una belleza marina. Se dirigió a la cocina, donde encontró un termo con agua caliente. Se preparó unos mates y los tomó en silencio, acompañados de unas tostadas con jalea de membrillo.

Pensaba que la primera jornada de su peregrinaje había salido bastante bien.

¿Peregrinaje? Se preguntaba. ¿Fuga? Algo había quedado en el camino, como si goteara aceite. El motor se le había fundido, pensaba, y sin embargo todavía andaba. ¿Habría posibilidades de reparación? Cada vez aspiraba la bombilla con más vehemencia y los mates resultaban más cortos. Mierda que duele, se dijo y sacudió la cabeza. Buscó algo para hacer y dejó todo limpio.

Salió por una puerta que supuso daba al fondo. Se sorprendió al encontrar toda una granja, la señora estaba ordeñando las vacas. Al verlo, lo saludó levantando una mano y sonriendo.

—¡Buenos días, Camilo!

—¡Buenos días, señora!

—Vamos a ver cómo cumples tus promesas. Voy a necesitar mucha leña; en el cobertizo hay un hacha. Necesito que cortes en pedazos manejables aquellos troncos que ves allá.

—¡Sí, señora! —Contestó Camilo e inmediatamente se dispuso para la tarea.

El cobertizo era una construcción de madera desteñida por el tiempo. Abrió la puerta que estaba enganchada con una cadena. Adentro había un tractor que aparentaba llevar mucho tiempo en desuso. Ordenadamente, en una de las paredes estaban sujetadas con un clavo numerosas herramientas. El hacha era una de ellas. La sopesó y salió.

Llegó hasta donde le habían señalado los troncos. Acomodó el primero, dio un paso atrás y le propinó el primer golpe. Saltaron algunas astillas y el filo se clavó en la madera. Pudo retirarla y repitió la operación.

Mientras cortaba leña pensaba que en ese momento tendría que estar en la oficina. Su jefe habría pensado que se durmió, habrían intentado llamarlo varias veces.

¿En cuánto tiempo me olvidarán?, pensó. Golpeaba en intervalos regulares, le gustaba el sonido del hacha contra el primer tronco. Avanzaba prodigándole tajos cada vez más certeros, y cada vez más fuertes. Apretaba con más intensidad el mango, sintió el cansancio, no quería parar. Transpiraba y adivinaba futuras ampollas en las manos. Dio un golpe definitivo. Escuchó un crack diferente. Vio rodar una cabeza.

El odio estaba allí, brotaba de él y Camilo lo transformaba en leña. Siguió hachando hasta que consideró que había una buena cantidad de trozos para mantener encendida la chimenea por varios días.

Después la señora le señaló el gallinero de donde recolectó los huevos y alimentó a las gallinas, cambió el hacha por una azada y cosechó rabanitos y zanahorias. Le dio de comer a los chanchos. Estaba fascinado con todo lo que había en la granja. La señora lo invitó a almorzar. A quedarse los días que quisiera. Camilo no podía aceptar, tenía que seguir andando, no detenerse, no mirar atrás. Le preguntó si se podía dar un baño. La señora le dijo que sí y mientras se bañaba le preparó una vianda. Cuando se estaba por ir le entregó la comida prolijamente envuelta en una bolsa y una botella con agua. Le dijo:

—A veces somos tractores y a veces somos pianos.

—No la comprendo.

La señora se tomó un tiempo mirando el horizonte y dijo:

—Somos un montón de cosas: a veces somos cigarras y a veces somos hormigas.

Camilo no terminó de entender. Como no quería demorarse asintió, se despidió muy agradecido. Los cañaverales lo franqueaban a ambos lados de la ruta, la brisa lo hacía sentirse bien. Pensaba en el sueño, ¿se repetirá?, les preguntaba a los postes de energía eléctrica.

Buscó una sombra agradable. Comió los sánguches de jamón y queso y después los huevos duros. Disfrutó de tomar el agua. Escuchaba los pájaros y el viento que movía las hojas. Cada tanto pasaba un auto a gran velocidad. Cuando sintió que se estaba relajando descubrió que unas hormigas rojas le estaban subiendo por las zapatillas. Se paró rápidamente y se sacudió, sabía lo que ardían sus picaduras.

Inició de nuevo su marcha. "Un tractor y un piano", se repetía Camilo mientras caminaba y cada tanto miraba atrás para ver las gotas como de aceite que dejaba en el camino. ¡Yo soy el tractor!, se dijo casi gritando. Sus ascensos rápidos y su obsesión con el trabajo que lo llevaron a descuidar todo lo demás. Todo lo demás. Y el nuevo amigo de ella, ese que al principio lo presentaba como raro. Que le charlaba como música de piano. Y él que no estaba listo para las señales. Ella se lo había intentado decir. Pero Camilo estaba ciego para todo menos para su meteórica carrera. Claro que se lo dijo, postergando los encuentros, reuniéndose cada vez más con el raro, y cuando le anunció esa noche que era mejor que no se vieran más y él creyó escuchar que sólo le estaba provocando celos. Después fueron pasando los días y cuando le empezó a llamar la atención que no lo buscara, una mañana cuando volvía más temprano de su trabajo la vio sonriente, feliz, de la mano, mientras le hablaban con música de piano. Él era el tractor que, aún fundido, todavía andaba, se dijo intentando sonar convencido. No voy a permitir que me dejen en un cobertizo abandonado para ser guarida de las alimañas, les dijo a los postes de electricidad.

Una gran rotonda le anunciaba su llegada a una ciudad. La ruta se convirtió en avenida primero y después en calle. Llegó a la plaza principal. Se demoró mirando los árboles y la estatua del hombre sobre el caballo. Le llamó la atención una estructura gigante de hierro donde colgaba un trapecio. Al lado, un muchacho tomaba una cerveza negra.

—¿Qué es eso?

—Un trapecio. Y yo soy Adriano, el trapecista. ¿Querés? —le dijo estirándole la botella. Camilo aceptó y se sentó junto a él. Comenzaron a charlar y al poco tiempo Adriano ya le estaba contando su historia.

Provenía de una familia de trapecistas, y hasta donde podía seguir su árbol genealógico, todos en ella lo habían sido. Contó que en un momento de su profesión se empezó a sentir mal, que se esforzaba para destacarse más y más pero que sentía que algo le faltaba.

Contó que una vez un niño le tiró un avioncito de papel para que él, que andaba en las alturas, lo pudiera tomar.

Adriano se entusiasmó, contó que hizo una gran pirueta y lo agarró en el aire. Lo miró y en una de las alas pudo leer: lo que te falta es hablar. Y a partir de esa función no pudo pensar en otra cosa.

Después de una semana de darle vueltas al tema le escribió una nota al dueño del circo: con todo respeto señor, quiero aprender a hablar. El dueño contestó:

—¡Pero dónde se vio un trapecista que hable!, los trapecistas no pueden perder el tiempo hablando, tienen que entrenar a toda hora. Los circos ya están organizados así.

Su familia tampoco lo apoyó. Un payaso borracho y solitario le dijo que hiciera lo que sintiese que tenía que hacer. Si no terminaría como él. Eso lo convenció.

A la mañana siguiente sin que nadie lo viera se marchó. Anduvo por muchos lugares practicando piruetas, pero sobre todo practicando palabras que escuchaba aquí y allá. Al principio le salían unos ruidos espantosos, parecían quejidos de gorila, pero poco a poco, con gran esfuerzo y voluntad, con la ayuda de mucha gente que ante su pedido se detenían e intentaban conversaciones monosilábicas, pudo encontrar el tono en el que ahora lo escuchaba atentamente Camilo. Seseaba un poco. No hay que tenerle miedo a salirse del circo, concluía Adriano. Es como la caverna de Platón. Afuera tenés la luz de verdad, del sol.

Camilo escuchaba y comparaba la carpa del circo con su casa y su trabajo. Se sentía bien y acompañaba ese sentimiento con cervezas negras y empanadas que vendían en un bar cercano.

Cuando ya el sol estaba en el ocaso llegó el momento de la función. Adriano se fue a preparar mientras llegaban los primeros niños para ganarse el mejor lugar. El boca a boca había sido muy efectivo y los mismos que vieron la primera función volvían trayendo amigos y familiares. Camilo se quedó donde estaba tomando otra cerveza negra.

Se encendieron las luces y comenzó el espectáculo, Adriano apareció transformado. Hablaba, callaba, saltaba y bailaba acaparando toda la atención, entre vértigo y equilibrio. Para cada acto había una música maravillosa y todos los movimientos seguían el ritmo. Había momentos intensos y otros de mucha lentitud, como cuando atrapaba un avioncito de papel y se lo entregaba a alguien.

En el acto final Adriano se subía en el trapecio y desplegaba sus alas. Constantemente prometía caerse y sin embargo a último momento viraba y quedaba perfectamente en pie. Se columpiaba y desplazaba el trapecio para adelante y para atrás. Vértigo y equilibrio. Camilo seguía tomando cerveza.

La función terminó; Camilo columpiaba sus pensamientos. Trataba de recordar qué quería ser de chico, a qué le pondría tanta pasión y esmero. No extrañó la oficina.

Adriano, cubierto de transpiración, después de juntar una buena plata en la gorra que le había prestado Camilo, se puso a desmontar parte de la estructura. Camilo estaba quieto, miraba a la gente salir hablando del espectáculo, se sintió vacío.

La plaza quedó desierta, Adriano lo invitó a seguir tomando cervezas en el bar cercano, pero ya había sido suficiente. Dijo que no y buscando el lugar más oscuro se metió en la bolsa de dormir. Vio una estrella fugaz, se acordó del guiso con duraznos. Y de ella, la del sueño, que lo saludaba con una sonrisa entre nostálgica y alegre, con una mano en alto.

Un fuerte dolor por el apéndice que ya no tenía lo hizo cambiar de posición. Y así se quedó, quieto, para que el dolor se desparramara por todo el cuerpo y perdiera intensidad. O para que lo comieran las hormigas rojas de la noche.

Día 3

Soñó que construía un muro de mármol. Retrocedió para admirar la obra y se dio con que a sus espaldas también estaba el muro. Recorrió la fría pared tocándola con la mano e hizo un círculo perfecto: descubrió que estaba en el ártico y encerrado en un iglú de hielo sin puertas.

Sintió algo, el tic tac de un reloj o su propio corazón, pero al despertarse comprobó que no, que era un caballo flaco que pasaba cerca y hacía sonar sus herraduras contra el pavimento mientras buscaba dónde pastar. Camilo observó la plaza típica de las ciudades de la región marcando el centro. No le costó reconocer los edificios más importantes y representativos a su alrededor.

Le dolía la espalda, sentía una molestia en los riñones, que había apoyado sobre una piedrita toda la noche. Se alegró de que hubiera amanecido, de que un nuevo día le brindara la posibilidad de vivirlo. Los niños con delantales blancos le levantaron el ánimo. Encontró un caño y se lavó la cara. Se mojó el pelo mucho tiempo, le gustaba el agua fría que le caía por la nuca. Oyó unos gritos y al prestar atención vio cómo jugaban al fútbol en una cancha improvisada. Un farol y un árbol formaban el arco. El otro arco estaba delimitado por las ojotas del que jugaba descalzo en un extremo y varios delantales hacían del segundo poste. Los miró un rato, había un petiso muy habilidoso que los gambeteaba a todos. En un determinado momento el que estaba descalzo despejó fuerte y la pelota llegó hasta donde estaba Camilo. La vio venir en su dirección, sin pensar dio dos pasos adelante y la pateó con todas sus fuerzas para cualquier lado. La pelota pasó muy cerca de una mujer que estaba amamantando a un bebé. Sintió el reclamo de una señora a sus espaldas y un viejo se quedó mirándolo fijamente. El partido de fútbol se reanudó, pero Camilo se sintió mal. Miró a su alrededor con vergüenza y vio a Adriano que movía la cabeza negativamente.

Con la vista en el suelo se dirigió a donde tenía sus cosas. Guardó la bolsa de dormir, levantó la mochila y hundió la gorra en su cabeza. Caminó unas cuadras. Sintió que alguien venía corriendo atrás de él. Le tomaron del brazo y al darse vuelta descubrió que era Adriano, que le dijo agitado:

—Tomá, este es el indicado para vos.

—Gracias —balbuceó Camilo.

El trapecista lo abrazó. En la mano tenía un avioncito de papel. En una de las alas estaba escrito:

"Recuperá tu sueño. Acordate a qué jugabas de niño, por ahí va la cosa". Camilo no sabía qué hacer y por no quedarse quieto le regaló su gorra. Sin decir nada intentó una media sonrisa y retomó su camino, que primero era calle, después avenida y finalmente ruta por el lado opuesto del que había entrado al pueblo.

Seguía sintiéndose mal. Caminaba aceleradamente. No les prestaba atención a las chimeneas manchadas de hollín de un ingenio que a la distancia podría ser confundido por un castillo medieval ni a los distintos puestos que vendían de todo y de los cuales colgaban bolsitas verdes que indicaban que tenían hojas de coca. No le preocupaban los autos que a veces le pasaban demasiado cerca ni las motos destartaladas que llevaban una familia entera. No le importó el incendio del cañaveral que levantaba un insalubre humo negro y que irresponsablemente se expandía por debajo de los tendidos eléctricos. Ni siquiera se dio cuenta de que había tomado otra ruta que pasaba por un puente desde donde se podían ver las terrazas con la ropa extendida de las casas de un pueblo. Una y otra vez repasaba esa patada sin sentido ni dirección que le había pegado a la pelota, su furia en la punta del pie. Imaginaba situaciones terribles, como pegarle al bebé, y que se le escapara de las manos a la madre por el golpe.

A la vera de la ruta había un bosque de eucaliptos. Descubrió que las montañas ya no estaban a un costado, sino que ahora lo esperaban de frente, y que eran más nítidas sus siluetas. "Recuperá tu sueño.

Acordate a qué jugabas de niño, por ahí va la cosa". El aroma de los eucaliptos lo llevó a su infancia y a las nebulizaciones que sus padres le hacían cada vez que se le cerraba el pecho. A las ramas las cortaban de un árbol gigante, en medio de la manzana donde vivía. En su sombra, protegido del calor de la siesta implacable del verano, jugaba a que tenía amigos. A que no estaba solo. Y que les contaba cuentos que inventaba en el momento.

Un jeep rojo sin puertas pasó muy lentamente, se le puso a la par. Desde arriba del vehículo una chica de pelo corto le habló:

—¿Para dónde vas?

—Lejos.

—Bueno, subí, te acerco un poco.

Camilo detuvo su marcha. Respiró profundo dos, tres veces, como para memorizar el oleaje de eucaliptos. La miró desconcertado.

—Me llamo Luz —le dijo con una sonrisa mientras levantaba una mochila que estaba en el asiento del acompañante y la acomodaba atrás. Camilo subió con un hola ronco. Se sentó en un asiento demasiado blando, sintió que rebotaba varias veces hasta quedarse quieto. Se mantuvo silencioso mirando al frente. De reojo leía las distintas calcomanías de muchos lugares turísticos. Cada tanto, Luz le daba una mirada linda. No quería interrumpirlo en sus cavilaciones. Camilo no quería perder la fragancia de los eucaliptos, de esa imagen en la que se veía a sí mismo con un pantalón corderoy marrón con parches en las rodillas sobre una montaña de arena. Desde allí relataba sus encuentros con marcianos, contaba del cohete que podía atravesar el sol, de sus luchas con los dinosaurios y con los chicos malos de la otra cuadra ante la atenta mirada de sus amigos invisibles.

Luz detuvo el auto frente a una casa de barro, golpeó las manos y en unos minutos salió un niño. Dialogó unos instantes y volvió con un pan recién hecho, un queso y un salamín. Siguieron viaje. Nuevamente estacionó el jeep y entró en una cabaña. Regresó con alfajores de arándanos. Le señaló el otro lado de la ruta y le mostró las plantaciones.

—Directo de fábrica —Le dijo y le ofreció uno. Camilo lo disfrutó.

La vegetación había cambiado, haciéndose más tupida. Cada tanto pasaban un árbol de flores rojas que contrastaba con tanto verde. El camino empezaba a ser sinuoso y los árboles, cada vez más amontonados, amenazaban con invadir la ruta. Al poco tiempo, Luz se desvió por un camino de tierra apenas visible. Era en bajada y tenía muchos baches, pero el jeep estaba preparado para esas situaciones, aunque Camilo no disfrutaba rebotar tanto. Después de unos minutos llegaron a un río salpicado de piedras grandes y flanqueado por árboles que albergaban distintos tipos de enredaderas. Había lianas para colgarse y jugar a Tarzán.

—Si vamos a sufrir, que sea en un lugar lindo —dijo Luz y se bajó del auto de un salto. De la mochila sacó un mantel y lo extendió en la tierra.

Camilo en ese momento se dio cuenta de que tenía mucha hambre. Agradeció ver a Luz partir en pedazos el pan y dejar el cuchillo a mano para cortar el queso y el salamín.

Después de unos buenos bocados Camilo volvió a respirar profundo. Sintió nuevos aromas y cómo se le ampliaba la caja torácica. Empezó a disfrutar del ruido de las aguas al chocar con las piedras. En las orillas, donde no alcanzaba a tener fuerza la corriente, había renacuajos y unos insectos que parecían flotar y dar saltos en la superficie. Una mariposa de un azul profundo se posó en una rama. Movía lentamente las alas en el mismo lugar. Luz rompió el silencio:

—¿Qué te pasa?

—Me duele.

—¿Dónde?

—Aquí, aquí, aquí también —Camilo se señalaba distintas partes del pecho—.

Como si me hubieran acribillado a flechazos.

—¿Y quién te disparó con tanta puntería?

—Y ... ella.

—¿Y quién le dio las flechas?

—No sé, Cupido. No debe ser tan buena gente Cupido. O bueno, debo ser yo. Me quería tanto. Le parecía el tipo más lindo del mundo, el mejor en el sexo, el más inteligente. Nada de eso existe, con cada flecha fue eliminando de a una esas seguridades. Me caí del trapecio y no había red. No sabés cómo duele.

—Bueno, ahora estás en la tierra, suelo firme. ¿Y ella que te parecía?

—Aire. Nada. Todo. Ahora me parece todo.

Estaba el río que pasaba con su murmullo. Lo miraron sin hablar. Ella le acariciaba el pelo por el lado de la nuca. Estaba el río. También estaba ella. Luz, había dicho.

El agua pasaba, las aves y las mariposas pasaban, por un sendero, las hormigas pasaban. Las plantas y árboles también pasaban.

Camilo sospechó por primera vez que también su dolor pasaría. En un momento cruzó el río saltando de piedra en piedra y descubrió una vertiente. Utilizando sus dos manos como cuenco la bebió y le pareció deliciosa.

El sol se fue poniendo y la luz comenzó a ser tenue. El lugar perdió el brillo de la tarde. Hicieron una hoguera cuidando muy bien de delimitar con piedras el sitio del fuego. Comieron lo que quedaba. El humo ahuyentaba los mosquitos, que por esa zona eran muy bravos. En un momento Camilo la miró distinto y la tomó de la mano. Las luciérnagas se hacían ver por todos lados.

—Me gustan las mujeres, y mujeres a las que le gustan los hombres, yo también sufro —le dijo Luz sin rechazarle la mano—. A mí también me duele. Completó.

Camilo por fin pudo lograr una sonrisa. Le soltó la mano suavemente, se paró y empezó a caminar en las penumbras. Apenas notaba las siluetas de los árboles. No se alejó tanto para no perder de vista el fuego y a Luz, que parecía ensimismada en sus propias reflexiones. Seguía el periplo de alguna luciérnaga tratando de adivinar el momento en que volvería a encender su luz verde. Escuchó el mugido de una vaca a la distancia. Seguramente llamaba a su ternerito perdido.

Recordó su juego bajo la sombra del eucalipto, que más tarde talarían porque se había convertido en un peligro para las casas vecinas. Jugaba a no estar solo. Quería estar con alguien que quisiera escuchar sus historias. Cuando jugaba, iba entregando las historias por partes, como armando una soga. Armando una soga donde pudiese caminar un equilibrista. En algún momento se empezó a contar historias para él dónde cada vez se elevaba más distante del suelo. Se elevó tanto que se dio cuenta de que ya nadie escuchaba. Y si no escuchaba nadie no había soga y entonces caída. "El mejor en el sexo", se dijo y se le escapó una risotada. Ahora era un tractor que perdía aceite, pero en el suelo, que todavía andaba.

Hubo un nuevo mugido de la vaca. Camilo no quería estar solo. Le gustaba compartir el fuego con Luz, pero así, sin flechas, simplemente compartir, como cuando jugaba de niño con sus amigos invisibles.

Volvió al campamento improvisado donde Luz ya descansaba. Se aseguró de que el fuego estuviera bien rodeado por las piedras. Agregó unas leñas más y se metió en su bolsa de dormir y se acostó al lado de ella. Le puso su mano en el hombro y se quedó mirando las estrellas. Cuando la vaca emitió un tercer mugido llamando a su ternerito, Camilo ya dormía.

Día 4

Soñó con un terremoto muy fuerte y largo. La sensación era de estar en una barcaza acometida por olas gigantes. Él lo vivenciaba sentado en un inodoro que se bamboleaba de una pared a la otra del baño. No tenía miedo, se dejaba llevar. Sentía los gritos de las personas. Estaba en una casa grande. Finalizado el sismo, subía por unas escaleras caracol hacia un altillo que había perdido una de las paredes. Descubrió que el terremoto provenía de él y que había miles de víctimas.

Se encontró enteramente confundido al despertar dentro de su bolsa de dormir, en el pasto, bajo unos árboles y sin rastros de Luz. Tampoco estaban el mantel a cuadros ni el jeep rojo. No había escuchado nada. Por la ubicación del sol y porque no se escuchaba a los gallos, calculó que había dormido hasta media mañana. Se puso de pie. "Estoy en una quebrada", se dijo mirando cómo se elevaba el terreno del otro lado del río. Por miles de años el agua había encontrado el lugar por donde pasar partiendo la tierra. Gritó lo más fuerte que pudo hasta que su voz se quebró y perdió intensidad. Había eco. Volvió a gritar extendiendo los brazos.

—Aaaaaaaagggggggg. Aaaaaaaaaagggggg.

Silencio después. Silencio de él, porque el río seguía sonando. Hubiera querido llorar, pero no había ninguna posibilidad de que se le asomara una lágrima. Sentía sus ojos secos. No recordaba la última vez que había llorado. De todos modos, gracias a esos gritos, de alguna manera se sentía un poco mejor. En el cielo, muy arriba, un ave solitaria planeaba en círculos. Camilo comprendió que estaba solo, en medio de la naturaleza. Contempló a la distancia el río que venía zigzagueando y con buena velocidad, lo que delataba la pendiente. A lo lejos se vislumbraban las altas montañas, algunas cubiertas de nieve. Se veía el camino de tierra por donde habían llegado, que a la primera curva se perdía entre los arbustos y árboles. No tenía miedo.

Tuvo ganas de tomar unos mates. El fuego de la hoguera se había consumido totalmente y el encendedor con el que lo habían prendido era de Luz. Sabiendo lo fría que podía estar el agua, igual decidió darse un baño en el río. Se desnudó y, mirando dónde pisaba, se metió. Le dio placer pisar la arena. Sintió el frío, como un aguijón en los pies y las pantorrillas. Igual avanzó un poco más hasta encontrar un piletón que le daba en la cintura. Allí se zambulló. Aguantó todo lo que pudo sintiendo la correntada desde abajo del agua y después salió. Llegó hasta donde había dejado su ropa y dando saltitos buscó el rayo del sol que empezaba a calentar suavemente. Tenía piel de gallina, sentía frío, pero el baño lo había fortalecido. Se sentía con ganas de seguir el viaje. Podía volver por el camino de tierra que desembocaba en el río, pero prefirió seguir una huella que lo bordeaba. Era muy nítida, como si hombres y animales transitaran cotidianamente por el mismo lugar. El pájaro que planeaba en el cielo ya no estaba.

Al poco de andar, el caminito se despegó del río y se introdujo en la espesura del follaje. Le encantaba escuchar los distintos trinos de los pájaros, como advirtiéndole que no se metiera con sus nidos. Por momentos aumentaba la intensidad del viento y se escuchaba el vaivén de las hojas. Cada tanto tenía que pasar por sobre troncos caídos. Había telarañas gigantes y en su centro arañas inmóviles esperando por sus presas. Sentía la humedad. Por todos lados había helechos.

De pronto, el camino se interrumpió en un descampado por donde pasaba un alambrado y una tranquera. Sin dudarlo, corrió los alambres herrumbrados que sostenían la portezuela y la abrió. No dio ni diez pasos y se encontró con un hombre que trabajaba agachado en una huerta y que al principio no lo había visto.

—Buenas —le dijo sin asustarse.

—Hola, seguí el camino y llegué hasta aquí —se justificó Camilo.

—Sí, claro, como todos —fue el comentario desconcertante de quien le daba la bienvenida—. Vení, te voy a presentar al resto de los muchachos —agregó. Se puso de pie y le dio la mano—. Me llamo Ignacio y estoy encargado de la huerta, por allá está la casa.

Camilo no pudo evitar mirarle las sandalias.

—Las hago yo, son de restos de ruedas de autos —dijo orgulloso el anfitrión.

—Yo me llamo Camilo.

Enseguida llegaron a una casona blanca. Tenía varias ventanas de madera y una puerta principal en forma de arco. Parecía de la época colonial por su forma y por lo ancho de sus paredes. Camilo pensó que a lo mejor la habían construido los jesuitas. Seguramente había sido abandonada por los religiosos y luego restaurada por sus nuevos moradores. Un jardín que la bordeaba estaba lleno de alegrías del hogar rosas, rojas, blancas y violetas. Se notaba un gran esmero en mantenerlo.

Cada tanto se erguían Santa Ritas con flores de distintos colores cuidadosamente podadas formando frescas galerías. Al costado de la entrada pudo leer una placa de bronce que decía: "Logia de los Corazones Rotos".

Ya adentro se encontró con una sala de estar muy amplia donde los muchachos jugaban al truco, al póker, al metegol, tiro al blanco con dardos, al dominó y hasta tenían una mesa de pool. Desde una habitación contigua se escuchaban los gritos de dos más que jugaban a la Play. Todos lo saludaron mostrando una genuina alegría. Uno a uno se fueron presentando. Parecía una colonia de vacaciones. Sobre las paredes, escritos con un felpón en afiches, había frases: "Aquí te podés acostar en la cama después de jugar al fútbol sin bañarte", "Te encuentran como un perrito abandonado y todo sarnoso, se apiadan y te cuidan, te sacan brillo, hasta que encuentran otro perrito abandonado", "Si se aburren, quieren que vos te aburrás con ellas", "Aquí está prohibido indisponerse". Todos carteles que tenían distintas fechas para reafirmar día a día la decisión que habían tomado.

En un rincón había un viejo que miraba por la ventana y que fue el único que no se percató de la presencia de Camilo.

—Él ni siquiera habla, busca la paz absoluta —le explicó Ignacio— los que estamos aquí hemos decidido vivir en paz, nos rompieron el corazón y no estamos dispuestos a que lo vuelvan a hacer. La tranquera está abierta y quien quiera irse lo puede hacer, pero se está mejor aquí, sin renegar. Después de almorzar nos reunimos para relatar lo que nos pasó a cada uno y nos abrazamos y nos damos contención entre todos, trabajamos la tierra y una vez a la semana viene una camioneta para intercambiar nuestras cosechas y algunas manufacturas como las sandalias o esas cerámicas, porque tenemos un horno para hacer cerámicas, hacemos macetas, ceniceros, jarras, cazuelas, y todo eso lo cambiamos por otras cosas, ya no necesitamos de la ciudad. Te puedes quedar el tiempo que quieras siempre y cuando colabores.

Camilo se entusiasmó con la idea de contar con las comidas del día y concluyó que le vendría muy bien, después de dormir en el piso, una cama. Decidió pasar la noche allí. En un intento de integrarse hizo turno en la mesa de truco y jugó interminables partidas hasta que avisaron que el almuerzo estaba listo.

Cada uno fue hasta la cocina, tomó un plato y los cubiertos e hicieron fila hasta que les sirvieron un bife con puré. Se sentaron todos en una mesa larga donde había vino y gaseosa. El almuerzo fue alegre, cada tanto se escuchaban grandes risotadas. Algunos repitieron la ración.

Después de que cada uno de los comensales lavó su plato y los cubiertos, se reunieron en una sala donde los esperaban sillas de plástico verde dispuestas en círculo. El viejo conducía la reunión. Él señalaba a alguno y este empezaba a contar las tristes circunstancias que lo habían llevado a pertenecer a ese lugar. Despotricaban contra las mujeres, las hacían responsables de todos sus males. Cada vez que uno terminaba, se levantaban los demás y lo abrazaban. El viejo lo señaló a Camilo.

A medida que iba escuchando las historias, Camilo se dio cuenta de que allí faltaba algo. No muy seguro al principio, pero paso a paso, se iba afirmando en lo que quería decir:

—No sé lo que hizo mal mi expareja, seguramente que se equivocó y mucho. Será ella quien tendrá que revisar sus errores para que en una nueva oportunidad no le vuelva a pasar. En cuanto a mí, cometí muchísimas fallas. En algún momento dejé de mirarla, tan seguro estaba de que me amaba incondicionalmente y para siempre. Que me amaba por lo que yo era en sí. Ni siquiera valía la pena hacer alguna acción para reafirmarlo. Me concentré en el trabajo y mi colección de estampillas, total, todo estaba bien cuando volvía a casa y la comida me esperaba como siempre. Y claro, ¿de qué podría preocuparme si era el campeón? Así quedé, quedé estampado en el piso del baño de mi casa.

Hubo un silencio generalizado, por unos instantes nadie se movió de las sillas, hasta que uno se paró y lo abrazó. Lo hicieron todos los demás. De nuevo la armonía reinaba en el lugar. El viejo lo miraba con simpatía. Habían preparado un afiche y un felpón para que también Camilo deje algo escrito en la pared, pero no se lo entregaron.

Las horas siguientes fueron apacibles, algunos trabajaban en la granja mientras otros se ocupaban de hacer canastos con lianas que cortaban del lugar y después dejaban secar. Había quienes buscaban la arcilla del río para que los más habilidosos la moldeen y las pongan en el horno. Se escuchaba afuera cómo cortaban cañas huecas y luego las apilaban cerca. El cocinero ya preparaba la cena. Camilo ayudó en la cocina pelando papas, rayando zanahorias y lavando lechuga. Esa noche comerían una suculenta ensalada con verduras recién cosechadas.

Se encontraba muy bien ahí. De todos modos, sentía que tenía que seguir su viaje. Mientras cenaban agradeció la calidez con que lo habían recibido y comunicó que a la mañana siguiente reemprendería su camino. Nadie lo objetó, pero lo llenaron de preguntas de hacia dónde iría y cuáles eran sus planes. Camilo no tenía ninguna respuesta. Después de una larga sobremesa donde habían comido un excelente dulce de cayote, pusieron música y algunos se pusieron a bailar lento. A Camilo le designaron una cama en donde compartía habitación con el grandote de Ignacio.

Camilo dijo hasta mañana y se fue a la pieza. Ignacio ya estaba acostado. Se pusieron a hablar de muchas cosas, se notaba que Ignacio no quería que los temas de la charla se agotaran. Camilo disfrutaba del diálogo, pero poco a poco el sueño lo fue venciendo. Cuando notó que empezaba a hablar incoherencias dijo que ya no sabía lo que decía y se durmió.

En algún momento de la noche se despertó, escuchaba un lloriqueo muy tenue. Prestó atención y descubrió que era Ignacio, que no se podía contener.

—¿Estás bien? —Preguntó Camilo.

—Es que me siento muy solo, hace mucho que no duermo con nadie. Le contestó.

Camilo se quedó en silencio.

—¿Puedo pasarme a tu cama? Camilo no lo dudó.

—Sí, claro —y con el brazo levantó las sábanas y se corrió a un costado. Ignacio se acostó dándole la espalda. Camilo le puso la mano sobre la espalda como había hecho con Luz.

Durmieron haciendo cucharita.

Día 5

Soñó que estaba en el extranjero. Todos hablaban en otro idioma. Era un pueblo iluminado. La vio a ella en la puerta de una casa y quiso acercarse a saludarla, pero las personas le decían cosas incomprensibles y le cortaban el paso. Salieron de la casa sus compañeros del trabajo trayendo instrumentos musicales y recién entonces notó que ella cargaba con un arpa gigante. Caminaron y Camilo intentó seguirlos, pero pronto los perdió de vista entre una multitud. Tomó una motosierra y se abalanzó contra las personas más cercanas.

Se despertó sobresaltado y todo transpirado. Vio que Ignacio dormía en su cama y roncaba intensamente. Se quedó un rato largo mirando el techo y disfrutando un poco más del privilegio de estar acostado en un colchón. Entraba la luz de la mañana por la ventana. Sintió que llamaban para desayunar. Se vistió y preparó la mochila. Fue hasta la sala de estar y encontró una mesa preparada con tostadas, queso, jamón, miel y bananas. Cuando se sentó le sirvieron un café con leche muy caliente. Lo tomó de a sorbos, en silencio. Después se ofreció para ir a cortar cañas huecas, ya que había escuchado que tenían un pedido grande para el mediodía.

Le dieron un machete y, con una cuadrilla de cinco, se internó por una senda que se perdía entre árboles frutales. Al poco tiempo llegaron a un lugar repleto de cañas. Le indicaron que tenía que cortar las más grandes y dejar que las demás siguieran creciendo. Después le mostraron cómo tenía que ser el corte y le advirtieron que debía tener cuidado, ya que por su tamaño y peso eran de cierto peligro al caer. Cuando cortaron las suficientes, lo que les llevó toda la mañana, les sacaron las hojas y las apilaron. Finalmente, al acercarse la hora de comer, tuvieron que hacer varios viajes para llevarlas hasta la casona. Las separaron de diez en diez y con las mismas hojas finas las ataron y las dejaron listas para cuando las vinieran a buscar.

Comieron hamburguesas con tomate y lechuga de la huerta. Se escucharon los mismos chistes del día anterior y de vez en cuando la gran risotada. Levantaron la mesa y lavaron la vajilla. Camilo saludó a todos de un modo general y caminó hacia la puerta de entrada. Se detuvo y se dio vuelta. Miró al anciano y le dijo:

—Señor, estamos hechos de palabras, del hablar —se animó.

—Los silencios son una parte fundamental del hablar —le contestó el viejo. Y luego continuó:

—Yo fundé este hogar, lo hice para estar sólo. Estuve muy enamorado y me amaban muchísimo, los dos éramos muy felices. Ella me regalaba su hermosa sonrisa cada vez que podía, sabía que con eso me llenaba el alma. Luego se enfermó y se fue consumiendo su cuerpo, todo su cuerpo menos su sonrisa. Murió en mis brazos. Cuando ningún calmante podía con su dolor, cuando sabía que le quedaban pocas respiraciones, cuando el sueño la vencía, hizo un esfuerzo supremo y en un último gesto me regaló su tan maravillosa sonrisa. Y como todo lo que hizo, con su tesón, con su voluntad y con sus ganas de que todo le salga bien, lo logró. Porque se arriesgó a que esa última sonrisa quede a mitad de camino, a que se desvíe hacia una mueca horrible de agonía y que esa última imagen borre todas las anteriores que yo ya guardaba en mi memoria. Lo logró, pude verle por última vez esa sonrisa que sólo podía provenir del interior de un alma iluminada. Y supe que lo importante que tenía que pasar en mi vida, ya había pasado. Me convertí en un guardián de esa sonrisa que está alojada intacta en mi memoria. Supe que cuanto más quieto me pudiera quedar más a salvo del olvido estaría. Entonces me vine para aquí, a este lugar que llevaba muchos años abandonado, y lo recuperé para poder estar sólo. Y de a poco fueron llegando ellos, y seguirán llegando, y aquí tendrán su espacio, hasta que decidan partir, si así lo desearan. Usted está a tiempo de volver a la jungla. Tiene que volver.

Camilo, que tenía ya su mochila puesta, al oír las últimas palabras sintió que le sacaban dos enormes pesos de su espalda. Como si fuera obra de un resorte, se encaminó hacia la puerta de entrada para retornar a la comodidad de su casa. Adivinando esto, el anciano alcanzó a decirle:

—Para volver a la jungla de la vida cotidiana primero tendrás que pasar por la jungla jungla. Si vuelves por el camino que vienes recorriendo, es de seguro que nuevamente te tendremos aquí, y quizás ya con el motor del tractor destrozado. Tienes que seguir adelante, y tu adelante está por atrás de la granja, pasando el alambrado, allí te espera la jungla jungla, tú decides.

Camilo comprendió e inmediatamente se encaminó al lugar indicado. Dejaba atrás una granja convulsionada, los muchachos todavía no podían creer que el viejo hubiera abandonado el mutismo. Camilo caminaba y lloraba. Caían lágrimas pesadas primero, después más sueltas. Lloraba en silencio, pero con intensidad. Lloraba por el viejo, por los muchachos, por la señora amable que le había dado cobijo la primera noche, por Luz... Y lloraba por él. Lloraba porque tal vez, estaba a punto de volver a nacer.

Las nubes estaban muy bajas y llovía apenas. Pasó las huertas con su correspondiente espantapájaros, pasó por el establo donde dormían las vacas y pasó por el cañaveral de donde extraían las cañas huecas. Siguió una acequia de aguas rápidas y transparentes y pasó por todo un campo donde había frutales. Por fin llegó al alambrado que dividía la finca de una exuberante vegetación.

Allí encontró a Ignacio apoyado en un poste, jadeando. Habría venido corriendo por un camino alternativo. Con la respiración que le entrecortaba las palabras, le dijo:

—Camilo, no te vayas, aquí es muy divertido.

—Me tengo que ir, Ignacio, no puedo quedarme.

—Pero no te entiendo, aquí tenés todo, nos tenés a nosotros, los juegos, la camaradería. ¿Y te vas a internar en la selva? Mirá, si es imposible avanzar, es como una pared de plantas.

—Yo tampoco entiendo muy bien, y es verdad, no me gusta nada internarme por ahí, pero parece que todos me indican que tengo que seguir.

—No, yo no, yo quiero que te quedes, quedate conmigo.

—Ya lo he decido, Ignacio.

—Te voy a extrañar.

—Todos extrañamos, la que yo extraño está para allá —y señaló para atrás.

—Y sin embargo sigo caminando para alejarme. Yo también sufro.

—Esperá, tomá esta cantimplora y estos sanguchitos de miga, los vas a necesitar.

Camilo apenas pudo balbucear un gracias, estaba conmovido por el gesto.

Evitó mirarlo a los ojos. Cruzó el alambrado y se encontró en la selva. Se internó en ella dando pasos firmes, sin mirar atrás. En veinte segundos ya todo, para todos lados, era selva. Le costó mucho avanzar entre tantos árboles, telarañas, enredaderas, helechos, troncos caídos, piedras gigantes que lo obligaban a realizar un rodeo y cientos de sonidos desconocidos. Caminaba a ciegas, preocupado por lo que más de una vez había leído: que, generalmente, cuando no se tenía parámetros definidos, se caminaba en círculos.

Tomó un palo del suelo y con él se abría camino. Se tuvo que poner todo el abrigo que llevaba para evitar las picaduras de mosquitos. De todos modos, le picaban sus manos y su cara. Cada tanto tomaba agua de la cantimplora y se detenía a descansar. Se cruzó con un zorro que al verlo huyó despavorido.

De vez en vez, vislumbraba por sobre las copas de los árboles una tenue luz que le indicaba que seguía siendo de día. En un par de ocaciones tocó ortigas que le hicieron arder la mano. Lamentó haberse metido allí. Se empezaba a reprochar la idea de seguir y no haber vuelto por el camino, pero enseguida se contestaba que la única forma era seguir adelante, cueste lo que cueste. Y le estaba costando bastante.

En un descuido se raspó la cara con una rama, por sobre el ojo derecho. Le dolía y se imaginaba una marca roja que lo iba a acompañar por varios días. Metió los pies en algunos charcos y eso hizo que le pesaran más al caminar.

Ya estaba muy cansado cuando dejó de ver la luz del día y cada vez se fue poniendo todo más oscuro. Entonces escuchó un alarido infernal a lo lejos. Se quedó petrificado. Se imaginó esas brujas de los cuentos infantiles, que vendrían a buscarlo. Unos segundos de un silencio absoluto y de nuevo el alarido, pero esta vez más cerca. Camilo tuvo mucho miedo, se sentía paralizado. Buscó por los alrededores y encontró un árbol grande que tenía una importante horqueta. Se trepó al momento que escuchaba que abajo el follaje se movía. Llegó a ver pasar un chancho del monte que corría con toda su furia llevándose todo por delante. Su corazón latía aceleradamente. Intentaba darse ánimos y retornar a la calma. Sus piernas le temblaban. Recordó los sánguches de miga. Acomodó la mochila y sacó la bolsa de dormir para amortiguar la rigurosidad del tronco, ya que no tenía intenciones de bajar hasta llegado el amanecer.

Comió despacio, sin hambre, pero de esa manera ocupaba el tiempo y sus pensamientos no se dirigían a lo hostil que lo rodeaba. Lamentó con todas sus fuerzas no contar con una linterna. Los grillos y los sapos hacían un ruido infernal. Camilo prefería eso antes que un silencio en lo que ya era una oscuridad absoluta. Se quedó quieto y cerró los ojos, intentó recordar cosas agradables. Cada tanto escuchaba pisadas y el movimiento de ramas.

Esa noche tuvo realmente pánico. Volvió a llorar, acurrucado en la horqueta del árbol. Esta vez lloraba de miedo. Pensaba que en cualquier momento una serpiente podría picarlo y se acurrucaba más. Una rama se desprendió de arriba y le cayó en la frente, casi se cae por la reacción descontrolada. Deseaba con toda el alma poder conciliar el sueño. Cerraba los ojos y se quedaba así hasta que un nuevo sonido lo ponía alerta. Se imaginaba que cientos de arañas deambulaban muy cerca de él. Arañas de todos los tamaños y de todos los colores. Sabía que la picadura de una viuda negra casi siempre era mortal.

Se fue acostumbrando al chirriar de las lechuzas y a los rebuznos de los burros. Creyó escuchar a la vaca que llamaba a su ternerito. Escuchó un gallo trasnochado. Después, mucho después, se durmió.

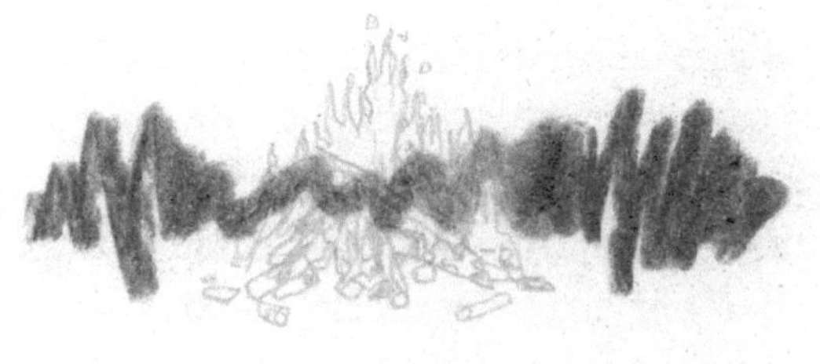

Día 6

Soñó que entre todos los ruidos monstruosos de la jungla escuchaba las delicadas pisadas de ella. Desde arriba del árbol podía imaginar sus pies descalzos. Inmediatamente atrás, distinguió otras pisadas más toscas que la acechaban. Empezó a bajar rama tras rama para defenderla y cuando ya estaba a punto de tirarse sobre la sombra que la perseguía se dio cuenta de que era su nuevo amigo. Dirigiendo su mirada hacia adelante, descubrió que una horda de zombis venía hacia ellos. Todo eso no importaba porque aviones de una potencia extranjera tiraban bombas nucleares por todos lados. Se despertó cuando notaba que se estaba derritiendo sin morirse.

Le dolía todo el cuerpo por la posición incómoda en que había dormido. Era muy temprano, recién eran las primeras luces del día. Sentía sin embargo el bienestar de que la noche con su oscuridad y terrores ya había pasado. Un colibrí que revoloteó cerca le inflamó más el ánimo.

Se incorporó arriba de la horqueta y miró a su alrededor. Había enredaderas con flores. Las cortezas de los troncos estaban inundadas de musgo y liquen. Cada árbol albergaba una gran cantidad de otras plantas. Los pájaros hacían un bullicio importante. Miró hacia arriba y descubrió muchas ramas que se entrecruzaban con los árboles vecinos. Tuvo la idea de no dar marcha atrás. Se puso de pie y como no lo había hecho desde hacía muchísimo tiempo empezó a trepar. Lo hacía lentamente mientras recordaba los árboles de su infancia: El paraíso en el que los chicos grandes subían y hacían guerritas con los frutos verdes y circulares, el gomero donde tenían una casa y el pino que estaba infestado de juanitas. Trepaba cruzándose de rama en rama, y poder hacerlo con cierta agilidad le daba alegría. Así fue como pasó de árbol a árbol tanteando primero la fortaleza de la rama que pisaba o de la que se colgaba. Cuando consideró que había logrado cierta distancia descendió hasta estar nuevamente en el suelo. Empezó a caminar.

Nuevamente a paso lento, corriendo ramas o rodeando piedras gigantes, en algunos momentos subiendo y en otros bajando, avanzó sin tener en claro la dirección que tomaba. A veces encontraba una especie de senderos que supuso eran marcados por los animales que pasaban una y otra vez por el mismo lugar. Pero así cómo aparecían volvían a desvanecerse. Caminó cerca de dos horas aproximadamente, ya su estómago le pedía un buen desayuno, cuando divisó la horqueta que lo había salvado la noche anterior. No tuvo tiempo de sorprenderse porque en ese mismo instante empezó a llover. Todo el buen ánimo que había mantenido por la mañana se le esfumó.

A la lluvia al principio se la escuchaba caer contra el follaje, pero después las gotas resbalaban y llegaban hasta Camilo, que las sentía frías. Pensó que su situación era complicada. Sacó de la mochila la bolsa de dormir para cubrirse y empezó a caminar nuevamente. Sabía que estaba totalmente perdido, que ya no dependía de él sino de la suerte que a lo mejor lo llevaba de nuevo a la finca de los corazones rotos.

Tuvo la determinación de no detenerse. Cada vez sentía más frío y la ropa mojada le aumentaba el peso. El suelo se iba poniendo resbaloso y se formaban charcos por todos lados. Cada tanto cambiaba la dirección deliberadamente. Caminaba porque sabía que al detenerse el frío sería mayor y porque pensaba que así tenía más oportunidades de encontrar algo para comer.

Pasaron horas, siempre rodeado de la espesa vegetación y con la lluvia persistente que por momentos parecía aumentar de intensidad. No sólo estaba mojado y muerto de hambre, sino que empezó a sentirse afiebrado. El piso ya no era visible bajo una correntada constante de agua. Siguió caminando. Repetía una estrofa de la canción Qué difícil se me hace de Alejandro Lerner:

Que difícil se me hace
mantenerme en este viaje

sin saber a dónde voy en realidad
si es de ida o de vuelta
si el furgón es la primera
si volver es una forma de llegar.

La repetía como mantra para no caer en la desesperación. No se acordaba más, pero esos versos le servían para mantener el ritmo de la caminata, ya que hacía coincidir cada paso con el final de cada frase y así seguir. Y siguió mucho tiempo más hasta que cuando ya empezaba a reducirse la luz llegó a un descampado donde no llovía, que se mantenía seco, y donde unos hombres envueltos en una sábana blanca amparados por una fogata y servidos por esclavos disfrutaban de un banquete.

Hablaba un tal Aristófanes y decía que antes todos los humanos eran dobles y que los había de tres clases: hombres, mujeres y andróginos. Eran tan poderosos que quisieron subir al cielo para luchar contra los dioses y por eso Zeus los partió en dos mitades. Y desde ahí están buscando su media naranja, y cuando la encuentran ya no se quieren separar. Los hombres que provienen de los andróginos aman a las mujeres, y las mujeres a los hombres. Las mujeres que provienen de las mujeres primitivas aman a las mujeres y los hombres que provienen de los hombres primitivos aman a los hombres. Mientras, Camilo se había sentado cerca del fuego y sin pedir permiso metía las manos en los cuencos llenos de comida. Así, a veces comía filetes de atún, carne de lechoncitos, liebres y de vez en cuando se encontraba con la cabeza de un cabrito que disimuladamente la dejaba a un lado. "Entonces así empezó todo", alcanzó a reflexionar con el mismo silencio con el que había llegado. Mientras los comensales ingerían vino y seguían discutiendo, se retiró muy agradecido de poder alimentarse. Caminó un poco más y volvió a meterse en la selvática vegetación y la incesante lluvia.

Para seguir más o menos en una misma dirección, tomó como referencia el sonido de un flautín. Era una esclava solitaria que vagaba por el bosque. Poco a poco las notas fueron mezclándose con la rutinaria armonía de la lluvia. Camilo estaba muy agotado, le dolían las piernas y al arrastrar los pies, con mucha frecuencia se enredaba con alguna raíz o una piedra que sobresalía del suelo. Pero obstinadamente seguía caminando. Ahora, con la panza llena y siempre con el objetivo de no detenerse, tarareaba una estrofa de la canción de Litto Nebbia Sólo se trata de vivir:

Dicen que viajando
se fortalece el corazón,
pues andar nuevos caminos
te hará olvidar el anterior.
Ojalá que eso pronto suceda
así podrá descansar mi pena
hasta la próxima vez.

Pensaba hacerlo hasta que sus últimas fuerzas lo abandonen. Pero lo que lo abandonó fue el suelo.

De repente no había nada abajo y empezó a rodar. Trató de agarrarse de las plantas, pero estaban muy resbaladizas o se cortaban con su intento. En uno de los giros alcanzó a ver la ruta abajo. No tuvo tiempo de alegrarse. En otro de los giros sintió un impacto fuerte en la cabeza y se le apagó completamente la luz.

Día 7

Volaba. Miraba toda la selva por donde antes había caminado. Se elevaba. Podía ver todo el camino recorrido, incluso ya estaba arriba de las nubes. Quiso bajar, pero algo lo seguía llevando hacia arriba y cada vez todo estaba más iluminado.

Recobró el conocimiento al lado de la ruta. Ya era de día y despuntaba el sol. La lluvia había pasado. Le dolía mucho la cabeza. Se tocó y descubrió un chichón en donde había recibido el golpe. Le ardían las rodillas y tenía raspones en los codos y las manos. Descubrió que ya no tenía ni la mochila ni las zapatillas. La ropa que le quedaba estaba llena de barro. Se tocó la cintura y encontró el elástico que contenía el envoltorio interno donde guardaba un poco de plata, su documento y la tarjeta de débito. Además, ya no se sentía afiebrado. Tomó conciencia de que había salido de la selva, de que se había salvado. Respiró aliviado.

Se bañó en una cascada cercana con la ropa puesta. Decidió seguir la ruta para el lado en que se elevaba, de esta manera se aseguraba de que no volvería atrás. Tenía la sensación de que le había llevado años atravesar la jungla. Todo lo anterior, incluso lo sucedido en la granja de la Logia de los Corazones Rotos, parecía que había transcurrido mucho tiempo atrás. Caminaba descalzo.

La falta de obstáculos, el hecho de que las fuentes de sus dolores habían quedado muy atrás y de que su vida ya no corriera ningún peligro, todo eso le proporcionó un bienestar que hacía mucho tiempo no sentía. Comenzaba a sentirse feliz. Incluso se animó a saludar a los parroquianos con los que se cruzaba. Le emocionaban los helechos que crecían sin ningún permiso, algún hilo de agua que aparecía de una grieta en la rígida montaña, el ruido del río que se escuchaba hacia abajo, del otro lado y que seguramente recorría un camino inverso al suyo. Pateaba piedritas, se detenía a oler la vegetación. Buscaba hojitas de menta y cuando las encontraba las acercaba a su nariz. Deseaba que la humanidad encontrara su rumbo. En dos o tres ocasiones se sentó a que la brisa lo acariciara, a percibir el mundo tal cual se le presentaba, sin un antes y un después.

El camino lo llevó hacia arriba. Después de unas horas encontró una construcción que apenas sobresalía entre la vegetación. Era una despensa que exhibía muchos artículos importados a la vera de la ruta. Además, alcanzó a ver la cortadora de fiambres. Tuvo que golpear las manos varias veces hasta que desde el interior apareció una señora. La saludó muy amablemente y le preguntó si tenía algo para los pies. La señora le mostró distintas ojotas y Camilo se quedó con unas que le quedaban un poco grandes. Además compró pan, queso y mortadela. Echó un vistazo más por si encontraba otra cosa necesaria. Le dio ternura ver los posters del club San Martín colgados prolijamente en la pared. Saludó y se fue a sentar en un lugar cercano, bajo un árbol, donde se preparó los sánguches y los comió con mucho gusto. Se dio cuenta de que estaba realmente cansado, se acostó sobre el césped y dormitó por un par de horas. Luego prosiguió su peregrinaje.

Al poco tiempo descubrió que declinaba su ascenso y que la selva que lo acompañaba a ambos lados de la ruta cedía su espacio a una pradera. Dejaba atrás la ladera de la montaña que recibía toda la humedad de las nubes. Ahora recorría otro paisaje. Distintos calmos verdes reinaban por todos lados. Vacas y ovejas pastaban tranquilas. Pasó por sobre una represa que contenía un lago. Algunas embarcaciones flotaban plácidamente. Empezaban a aparecer cada vez más casas que anunciaban la pronta aparición de un pueblo. Y llegó. Las casas estaban amontonadas, como si no hubiera mucho espacio en el valle. Casi todas de ladrillo a la vista. A pesar de no ser temporada alta había bastantes autos.

Ya estaba oscureciendo. Teniendo en cuenta que la temperatura bajaba rápidamente y que se merecía una buena cama y una ducha caliente, buscó una pensión donde dormir. Encontró una a la entrada del pueblo. No difería en nada con las otras construcciones que había visto, hecha con los materiales más baratos. Pasó por la puerta con una campanita que sonó. Inmediatamente un anciano apareció. Camilo le dijo que buscaba una habitación para pasar la noche. El hombre de edad lo miró de arriba abajo, tomó una llave suelta y le dijo que lo siguiera. La habitación tenía una cama de una plaza, una silla, una mesa de luz y un baño privado. No tenía ventanas. Había telarañas en las esquinas de los techos y las paredes parecían muy finas, una estaba toda escrita con crayones de distintos colores. El cubrecama estaba muy gastado. A Camilo no le gustó para nada, pero por el cansancio decidió quedarse allí. Como el anciano lo miraba con mucha desconfianza, ya que no traía equipaje y su aspecto era deplorable, inmediatamente pagó y le entregaron una toalla.

Se dio un baño largo y reparador. Lamentó no haber comprado en la despensa jabón y champú además del cepillo de dientes y dentífrico. Después del baño salió. En la entrada dejó la llave en un mostrador bajo la atenta mirada del anciano. Caminó unas cuadras y encontró un local de ropa abierto todavía. Se probó unos pantalones y unas remeras. Encontró lo que mejor le calzaba y salió del cambiador con la ropa nueva. Pagó y se llevó la vieja en una bolsa. La tiró en el primer basurero que vio. Salió a caminar de nuevo. Sin buscarlo llegó a un bar con música que le gustaba. Se dirigió a la barra. Tenía poca iluminación y las paredes eran de machimbre muy barnizado donde colgaban fotos de famosos. Había tres mesas ocupadas. Pidió una pizza y un vaso de fernet con coca. Comió tratando de iniciar un diálogo con el cajero, pero éste le contestaba con monosílabos así que pronto no lo intentó más. Dejó un par de porciones sin comer y pidió un segundo vaso de fernet. Después un tercero. Se habían ocupado otras mesas. La música que sonaba le había dejado de gustar.

Ya no tenía el buen ánimo del día. Camilo nuevamente sentía el dolor y la bronca que lo llevaron hasta allí. Miró alrededor. Algunos parroquianos charlaban animadamente. En una mesa, dos mellizos, que por lo menos le sacaban dos cabezas de altura cada uno, tomaban vino con soda en silencio. Hacia allí se dirigió con el cuarto vaso lleno. Se paró al lado sin pedir permiso. Les dijo sin saludar y sin preámbulo:

—Se dan cuenta lo patéticos que son ustedes. Todos somos patéticos si nos miramos de cerca, y ustedes al ser mellizos se ven bien de cerca. Aunque se peinen con gomina, son patéticos.

Le contestaron al unísono los hermanos sin perder la calma:

—Llegaste tarde, compadre, unos años antes por mucho menos que eso ibas a tener que mirar tu documento para poder reconocerte de la paliza que te hubiéramos dado. Pero ya no, si tenés algo que reprocharte, alguna culpa que pagar, pagátela vos sólo, a nosotros ya no nos interesa.

Camilo sintió mucha bronca. Era una fuerza que le venía desde adentro, un odio visceral que quería destruirlo todo y que se dirigía desde su tórax al brazo con el que sostenía el vaso. Esa fuerza lo llevaba a tirarle el fernet con coca en la cara a alguno de los dos. No podía detener la acción, tampoco se decidía a cuál tirarle. Lo veía todo como en cámara lenta. Con un esfuerzo supremo pudo desviar esa fuerza logrando, en lugar de empapar el rostro de uno de los mellizos, tirarse todo el contenido sobre su cabeza. Los mellizos se quedaron mirándolo.

Se quedó quieto, empapado de fernet con su ropa nueva. Miraba al piso. La bronca se había desvanecido y en su lugar sentía una sensación de derrota. Sintió que ya no tenía nada que hacer allí. Los mellizos no se burlaron, volvieron a su mutismo interrumpido.

Camilo se dirigió a la barra y pagó lo que debía. El empleado lo acompañó hasta la puerta llevándolo del brazo y lo despidió con un amable "no vuelva más". La noche estaba estrellada y él se sentía estrellado. Pateaba piedritas, pero con más fuerza que por la tarde. Apuntaba con ellas a los cordones de las veredas para escuchar el golpe y ocasionalmente una chispa. Caminaba por medio de la calle muy poco iluminada ya que casi no pasaban autos. Desde uno de ellos, que iba lleno, le gritaron cosas que no pudo entender. Había muchos sapos. Uno tuvo la desgracia de saltar muy cerca y recibió una patada que lo arrojó a varios metros. Rebotó y quedó con la panza hacia arriba. Camilo se acercó a mirarlo, algo como baba le salía de la boca y movía una de las patas de atrás. Sentía una angustia desbordante. Quería llorar, pero no podía. Desvió la mirada del anfibio y siguió caminando. Caminó y caminó, vigilado atentamente por las lechuzas que lo miraban posadas en los alambres de las cercas, hasta llegar a un lugar a las afueras del pueblo donde estaban los menhires.

Se quedó un tiempo allí. Pensaba que parecía un cementerio con sus lápidas un poco desordenadas. "Aquí yace el amor entre Pepito y Pepita", "Tras una larga agonía, ahora descansa en paz el amor entre Fulano y Mengano", "Pudo ser muy grande pero muy joven nos abandonó el amor entre Juan y Juana" leía mentalmente Camilo en los jeroglíficos apenas tallados en esas piedras antiguas. Pensó que cada hombre en edad de procrear buscaba la piedra más larga y la ponía en la puerta de su choza para que todos sepan de sus medidas. Intentó imaginarse ese mundo de hace dos mil ochocientos años en el que tenían que encontrar y cargar esa piedra para finalmente tallarla.

—Eso fue hace poco, no somos menhires, somos piedras. Estuvimos mucho antes y seguiremos estando mucho después de que vos y tus problemas de amor desaparezcan —escuchó Camilo.

Rápidamente se puso de pie, y sin averiguar nada más, inició el regreso a la pensión. Ya había visto demasiadas cosas extrañas, pero que le hablen las piedras le parecía demasiado por ese día. Pasó de nuevo por donde tendría que estar el sapo pateado. No estaba. Quiso creer sin mucho entusiasmo que había sobrevivido a su violencia. Las calles estaban en silencio. Pasó por el bar que estaba cerrado, no miró hacia allí. En todo el poblado la actividad era nula. Cada tanto escuchaba un grito, un ladrido o el sonido de un auto que pasaba a la distancia.

Por fin llegó a la pensión. Estaba cerrada con llave. Tuvo que golpear la puerta varias veces hasta que primero escuchó las pantuflas arrastrarse por el suelo y después apareció el anciano semidormido en piyamas y con el torso desnudo.

Pidió disculpas mientras recibía la llave. Fue a la habitación. No le fue fácil abrir la puerta, escuchó quejas por el ruido que hacía. Al tercer intento logró abrirla. Se sacó las ojotas, retiró el cubrecama y se tiró vestido. La cama rechinó. Cerró los ojos, quería dormir lo antes posible. Empezó a escuchar varios ronquidos. Sentía que un mosquito andaba dando vueltas por ahí.

Día 8

Soñó que estaba sobre una pirámide, y que descendía por sus paredes. El viento era música que lo impulsaba a bajar los escalones. Primero le resultaba todo fácil, porque la rima le daba tranquilidad, pero de pronto esto se acabó. A partir de un momento perdió el hilo y ya no sabía si pisaba seguro. Entonces dejó de disfrutar; se cayó y empezó a rodar a muy alta velocidad. Llegó a la base y era tal el impulso que siguió dando vueltas hasta llegar a una pradera. Cuando se paró tuvo que tirarse de nuevo para esquivar a unos caballeros a caballo que iban en busca del Santo Grial. Ella iba montada atrás de uno de los caballeros. La vio alejarse. En ningún momento miró para atrás.

Se despertó a media mañana. La pieza hedía a fernet. Le picaba la espalda y tuvo miedo de que se tratase de pulgas. Se levantó muy rápido, tanto, que se mareó. Fue hasta el baño y orinó. La cadena del inodoro no funcionaba. Lo dejó así. Se lavó la cara y abandonó la habitación. Apoyó la llave en el mostrador, miró si no lo veía al viejo y abrió la puerta de salida haciendo sonar la campana. Como nadie aparecía, salió a la calle, que encontró hirviendo de actividad. Había muchos puestos callejeros y se escuchaba a los vendedores vocear sus mercaderías. Pasaban autos con parlantes a todo volumen anunciando fiestas. Camilo se dirigió a la tienda de ropa que había visitado el día anterior. Compró la misma remera con su último efectivo. Se la puso en el probador y salió con la manchada de fernet en una mano. El pantalón también tenía marcas de la noche anterior, pero casi no se notaban. A la remera la dejó en el mismo cesto de basura que la vez anterior. Reconoció la bolsa que había dejado con su ropa, todavía no la habían retirado.

Cuando pasaba por el bar divisó a los dos mellizos que ya estaban instalados allí con sus vasos de vino y soda. Desde la mesa le gritaron al unísono:

—Compadre, no vuelva por el mismo lado, si toma la otra dirección encontrará otro camino que bordea ese cerro por atrás, por allí también llegará al pueblo siguiente.

Todavía un poco avergonzado, pero ya con cierta simpatía, Camilo alzó la mano a modo de saludo y se dio la vuelta; buscaría el camino indicado. No le hizo falta más que preguntar a un par de personas que le señalaron por dónde ir. Al ratito ya estaba por el sendero de tierra que ofrecía abundantes curvas y un hermoso paisaje lleno de acantilados.

Imaginarse estos dos caminos posibles le recordó a Camilo el cuento de Caperucita Roja. A la niña le habían ordenado que siga el camino más corto y que no se interne en el bosque ante el peligro del lobo. Estaban los que elegían el camino más seguro y estaban los que elegían el camino más peligroso. Caperucita no hizo caso y se internó en la espesura corriendo grandes riesgos. Pero estos no eran los dos caminos por los que tenía que optar Camilo; había uno sólo con dos posibilidades: seguir, o volver atrás. Atravesar la selva selva para poder entrar a la jungla de la vida, le había dicho el viejo. Había sobrevivido a la selva selva. Ahora ya no tenía la mochila y le costaba un poco caminar con las ojotas, pero a sus ojos se abría un paisaje maravilloso lleno de montañas y quebradas. Tuvo ganas de ver un cóndor y alzó la vista. El cielo estaba celeste. Volver por el camino, tapar las heridas, dejar que el tractor siga perdiendo aceite y negarse a que un mecánico resuelva el desperfecto era la muerte. O la misma petrificación como le pasó a la mujer de Lot. Había un mundo nuevo, se imaginó Camilo, y estaba empezando a disfrutar no llevar la mochila. Este último pensamiento llenó sus pulmones y aprovechando cierta inclinación de la ruta empezó a trotar hacia adelante. No por mucho tiempo, se le trabó una de las ojotas y la tira de goma que era sostenida entre su dedo gordo y el índice se cortó. El resto del recorrido lo tuvo que hacer descalzo, pero muy poco le importó.

El camino de tierra se hizo de cemento y cruzando un puente sobre un río ya estaba en el siguiente pueblo, que tenía casas más separadas entre sí, que competían en cuál era más señorial. Se detuvo en el puente y bajó al río. Puso sus pies en el agua de deshielo. Le encantó el sonido, que traía historias de las alturas y del pasado. Bajo el puente, en sus paredes, se veían distintos grafitis pintados con aerosol rojo, negro y azul; inentendibles. Había rastros de hogueras. Parecía ser un lugar elegido por las noches para reuniones secretas en donde se trataban temas que no se podían decir durante el día. También tenía su historia la parte de abajo del puente. Hizo unos sapitos con algunas piedras chatas que encontró y cuando notó que se aburría subió para retomar la calle. Se veían muchos veraneantes discutir en bares sobre la realidad del país y mirar los distintos negocios de artesanías. Encontró un cajero automático y sacó dinero. Buscó una zapatillería y se compró las zapatillas más baratas. Había mochilas a las que miró con sorna. En cambio, se llevó una riñonera donde podían caber el dentífrico y el cepillo de dientes que consiguió en un supermercado.

Camilo se sentó en un cordón alto de una esquina a descansar. Miraba las casas antiguas cuando se le acercó un hombre de traje y mocasines blancos. Llevaba un ramillete de lavandas en el ojal que lo perfumaba y un morral grande de cuero cruzado. Sacó unos paquetitos del morral y le dijo:

—Muña muña, el Viagra de los Valles —y con el

brazo y el puño cerrado representaba un pene erecto y mucha potencia. Camilo hizo un gesto de desesperanza. El vendedor se fue con un andar muy elegante.

Miró por mucho tiempo Camilo a las personas que deambulaban por el pueblo, las puertas de madera tallada de las casas, las distintas baldosas de las veredas, los sauces peleándole a la falta de agua. Miraba todo lo que pudiera ver, pero no pudo evitar un novedoso dolor agudo que sentía en su interior. Le causaba enojo haberse sentido tan bien tiempo atrás y que el malestar llegue y llegue como un eterno oleaje. No podía reconocer la causa, era como una película borrosa, algo que tenía que recordar, pero no lo podía hacer. El vendedor de hierbas se le volvió a acercar, ahora tenía además un sombrero de galera blanco también.

—Vuelvo porque te vi la mirada de desolado —le dijo con un excelente humor.

Entonces se disiparon las nubes. La recordó a ella, radiante, como la había visto aquella mañana con su nuevo amigo. El razonamiento que no había salido después de dos días de alcohol y toda la travesía apareció en una imagen clara: "si está radiante así, es porque pasó una maravillosa noche de sexo con su nueva pareja". Ahora veía el cuchillo que se le hundía rosándole el hígado. Habló sólo para ver si podía destronar esa idea:

—Es que me duele haberme separado.

Pensaba que ahí se iba a callar, pero se escuchó diciendo:

—Y me la imagino gozando mucho más con otro que conmigo.

—¿Eso es todo? —preguntó el vendedor en un tono amable.

—¿Eso es todo?, ¡no entendés nada! ¿Cómo te podés vestir así y atreverte a dar consejos?

—Claro que entiendo, soy el mejor vendedor de muña muña del país. Claro que entiendo. Mirá, supongo que con el tiempo necesario esto que te voy a decir te va a hacer sentir mejor. Nunca tuviste el poder de hacerla gozar. Como en el amor, las condiciones de amar están en el amante y no en el amado. Si gozó alguna vez con vos es porque ella tuvo ganas y no hay mucho mérito tuyo en eso, ella quiso que tengas las condiciones para lograrlo. Y eso lo puede trasladar a cuantas personas y durante el tiempo que ella quiera. Todo esto sin tener en cuenta, con suerte y estudio, que hay todo un camino que va llevando a gozar cada vez más, con lo que uno puede ser muy útil en un momento, pero después no.

Aquí Camilo ya estaba totalmente desarmado. Todos los bichos bolita del mundo se hicieron pelotita. El vendedor hizo taconear los zapatos y sin que se le fuera un gesto que parecía una sonrisa, siguió:

—Lamentablemente te enseñaron que tenés que defender ciertos atributos que en realidad no tienen ningún valor y te hacen sentir como un verdadero fracasado, como si salieras último en una carrera que no hay. Además, ¿acaso no tenés la posibilidad de descubrir algo nuevo, algo que te haga gozar más? Y seguramente también te han enseñado que te tenés que comparar. ¿Para qué compararse? ¿Es necesario? Este es el momento en que podés aprovechar para aprender algo. Había una canción que decía Viento dile a la lluvia que quiero volar. Bueno, papá, estás volando. Pero bueno, yo sólo me acerqué porque me quedaba el último sobrecito para vender, es un compuesto de yerbas, es para el ego dolorido.

El movimiento de Camilo fue automático, sacó unos billetes y compró las yerbas. El mejor vendedor de muña muña del país agradeció y se puso a cantar:

Somos dos marionetas que nos queremos dos marionetas porque todo es ficción el destino es la mano que nos da vida y nuestro amor es sólo una ficción.

—De Los Iracundos —dijo, elevó el sombrero de galera en forma de saludo, dio un taconazo con los zapatos y se fue caminando hacia atrás, con una sonrisa que no se sabía si era burla o era algo permanente. El joven se quedó con la bolsita de yerbas en la mano por mucho tiempo, mirando sin mirar.

Pasó mucho tiempo en esa posición Camilo. Aunque no le simpatizaba, reconocía que muchas cosas que había dicho el vendedor eran ciertas. No todas, se decía, no todas.

Cuando atardecía, el cuchillo ya se había perdido en sus entrañas. Guardó el compuesto de yerbas en la riñonera, sin olerlo, y se dispuso a seguir viaje. Se había olvidado de almorzar.

La ruta seguía subiendo. Todavía tuvo tiempo de contemplar un maravilloso paisaje que iba dejando atrás a partir de curvas y contracurvas, subiendo una ladera que ofrecía la panorámica de todo el valle; se detuvo a mirar la montaña que había bordeado para ir de un pueblo al otro. Vio entre el pastizal dos zorrinos caminando uno atrás de otro, envidió la alegría con que se acompañaban. Después notó que rápidamente llegaban unas nubes que primero lo pasaron y luego fueron bajando hasta rodearlo y cubrirlo todo. Apenas veía sus pies, a pesar de lo cual podía distinguir lo que era banquina de lo que no lo era. Sentía el olor de la neblina. Caminó un poco más, fascinado con la tarde, que iba perdiendo su brillo, hasta que la oscuridad se hizo casi total. Esporádicamente escuchaba el motor de un auto y luego veía pasar las balizas intermitentes muy cerca. Se hizo de noche. Casi sin pensarlo se alejó unos metros de la ruta, tanteando con las manos encontró un lugar más o menos plano entre las piedras. Allí se acostó y se hizo un bicho bolita. Se durmió. Se había olvidado de cenar también.

Día 9

Soñó que se miraba los pies descalzos. Se hundían en la arena húmeda de la playa. Sentía el oleaje del mar, pero no lo veía. Se concentraba en sus pies, mojados cada tanto por una ola solitaria que lo alcanzaba. Cuando el agua retrocedía, sus pies se hundían un poco más y sentía la fuerza del agua volviendo al mar. Después, una nueva ola llegaba. Ir y venir, sentía esa energía. En una esquinita del sueño ella jugaba al vóley con unos amigos, no se había percatado de su presencia. A Camilo le preocupaba sacar los pies de la arena los cuales se hundían más y más.

Ya era de día. Abrió los ojos y se quedó quieto unos minutos. Estiró uno a uno sus miembros; se alegró de poder moverlos a su voluntad. Después se levantó. Tenía mucha hambre. Recordó a los dos zorrinos que había visto el día anterior. Se preguntó si eran comestibles. Una mueca que intentó ser sonrisa se dibujó en su rostro. Se sorprendió de haber logrado dormir en lo irregular del terreno. Había pasto, pero pinchaba, y eran motas que salían entre piedra y piedra. Tuvo suerte de elegir ese costado de la ruta. Si caminaba por el otro, podría haber caído en un precipicio.

Miró hacia atrás, no había caminado mucho. Todavía se veía toda la extensión del valle. Los dos pueblos que ante el avance de las casas pronto se convertirían en una sola marea de civilización, el cerro que Camilo había bordeado por el lado de atrás, un lago en el medio, con numerosas barcazas a esa hora y las altas montañas que delimitaban el valle. Se sacudió la ropa y emprendió la marcha.

Caminó un par de kilómetros disfrutando el paisaje. Avistó una casa de adobe emplazada a cien metros de la ruta, salía humo de una chimenea por lo que imaginó que había alguien. Se dirigió hasta allí. Era dificultoso bajar, ya que las piedras eran grandes y el terreno bastante empinado. Con algo de temor, a cierta distancia golpeó las palmas. Al poco tiempo salió una pareja joven. Ella llevaba un bebé en sus brazos. Como ya lo había hecho una vez, Camilo preguntó si tenían un trabajo para él a cambio de comida. El joven le dijo que sí, que tenía que ir hasta un lugar y traer piedras de un tamaño parecido a una pelota de fútbol, con doscientas piedras iba a estar bien. Eran para hacer la base de una futura habitación para el nene. A Camilo le pareció que el niño le sonreía, que sabía perfectamente de lo que se trataba el diálogo de los adultos.

Fue Camilo por las piedras. El lugar era un antiguo lecho de río. Le gustaba la idea de ser parte de la construcción de una casa. Se imaginaba que él también tenía que construir, piedra a piedra, los cimientos de su ser. Que tenía que ser prolijo y paciente. Tenía que ser firme y sin rendijas, como las pircas que con gran habilidad se hacían hace cientos de años. No era cuestión de amontonarlas así nomás, tenían que encajar justas, y así, sostenerse en el tiempo.

Iba y venía Camilo; cuando iba, iba liviano; cuando volvía, volvía con dos sendas piedras que le hacían doler los brazos y la cintura. Iba y venía como las olas de la playa que había soñado. La energía salía de él y sentía cómo se iba agotando. Sin embargo, sentía que tenía sentido, que era parte de un todo. En algún momento, gracias a este ir y venir, un techo cobijaría a un niño, y ese niño crecería, y a su vez, alegremente, con materiales del lugar, buscaría un resguardo para nuevos niños.

Cuando terminó Camilo con la tarea se dirigió orgulloso hacia atrás de la casa para avisarle a su patrón. Se encontró con varios comensales que estaban comiendo un cabrito que había sido cocinado desde hacía varias horas. Fue invitado a sentarse y le llenaron un vaso de vino. Estaba delicioso. Consciente de su agotamiento ahora disfrutaba del momento. Los invitados se hacían burlas todo el tiempo. A un costado había dos violines, una guitarra y un bombo. Una damajuana era el centro de mesa. No había ensalada. Con la intención de colaborar Camilo sacó la bolsita con el compuesto de hierbas y la depositó en la mesa.

—Es para el ego —dijo.

—Sí, para el ego del que te lo vendió; eso es berro, es una plaga que crece en todos lados —le contestaron.

—Claro, como los libros de autoayuda, que solamente ayudan a los que lo hacen —contestó entre resignado y feliz. Pensó Camilo en ese momento que, si le habían surgido energías para contestar, era porque tanto el hígado como el ego eran los únicos órganos del hombre con capacidad de regenerarse solos.

Y la conversación siguió su cauce hasta que quedaron los platos repletos de huesos. Después siguió la música, que resonaba especialmente bella en ese lugar abierto. La primera damajuana se terminó y quedaban tres a la espera. Para Camilo fue como un reloj de arena que marcaba el final del recreo. Dos comensales que también habían decidido retirarse se acostaron de costado en sus caballos confiando en que ellos mismos sabrían volver a la morada. Mientras no se confundan de caballo, pensó Camilo viéndolos partir cada uno para su lado. Se preparó unos sánguches con la carne de cabrito sobrante. Amortiguado por el vino y el buen ánimo se despidió de su patrón y de los demás invitados e inició la caminata. Los violines y los bombos se escuchaban por toda esa inmensidad. Siguió en el sentido correcto: seguir subiendo, a ver si se apuna el dolor.

Perdió de vista el valle y el paisaje se fue transformando en un desierto donde lo que dominaban eran las grandes rocas. Caminó hasta que llegó a un refugio que marcaba la máxima altura. Corría un viento fuerte y una bandera que flameaba intensamente se iba deshilachando. Había un cuidador que lo miró con desconfianza.

—Aquí los que vienen son los castigados. ¿Qué macana te mandaste? —le preguntó.

Camilo ya estaba acostumbrado a los temblequeos de la realidad en sus últimos días.

—Que yo sepa no me mandé ninguna, ninguna grave.

—¿Seguro? Soberbia, ira, gula, avaricia, ¿no te suena ninguna de esas?

—Bueno, creo que todos tenemos un poquito de cada cosa, pero nada en especial para que me manden de castigado. Vine sólo porque el camino pasaba por acá.

—Ajá, pereza.

—Ah no, pereza no, hoy cargué doscientas piedras.

—¿Vos sos Sísifo?

—No, me llamo Camilo.

—Bueno, Camilo, ¿vas a entrar o no?

—Me parece que no, prefiero seguir camino.

—Como quieras, pero firmame este papel en que te negás a entrar.

—Ni loco te firmo una hoja en blanco, ya vi unas cuantas películas sobre lo que te pasa si le firmás una hoja al diablo.

—Yo no soy el diablo, estoy en mesa de entradas nomás. Firmame la nota, para que vean que trabajo.

—No la voy a firmar, pero te puedo convidar unos sánguches de cabrito, están muy ricos.

—Bueno, me parece bien. Gracias.

—De nada, chau.

Y Camilo se alejó tratando de no parecer asustado. Caminaba intentando ir a la misma velocidad con la que había llegado, pero tenía unas ganas tremendas de salir corriendo. No se dio vuelta y hasta que no realizó un par de curvas en una ruta que ahora empezaba a descender, no se tranquilizó.

Se detuvo en un lugar donde caía un torrente de agua cristalina. Bebió de la fresca agua de deshielo y se detuvo a sentir el viento. Se había despejado por completo. Las primeras estrellas empezaban a brillar. Caminó un poco más. El sol se estaba escondiendo y regalaba unas sangrías muy bellas.

En una de las curvas se encontró con un observatorio que tenía grandes telescopios. También aquí había un cuidador, pero esta vez tenía una mirada bonachona. Camilo se animó a preguntarle:

—Buenas, ¿tendrá un trabajo a cambio de alojamiento y un plato de comida? El buen hombre contestó:

—Buenas, aquí no se trabaja, este es un lugar de contemplación. Miramos los objetos celestes y a través de ellos miramos la luz, lo celestial, lo divino. Contemplamos a Dios. El problema es que no hay telescopios para todos, hay que hacer una cola larga hasta que te toque el turno. Bueno, hay quienes parece que tienen plata y llegan con su propio instrumento y hay hasta los que traen uno de segunda marca para hacer caridad.

—¿Y qué comen aquí?

—Nos alimentamos de la contemplación de lo bello.

—¿De noche y de día?

—Aquí siempre es de día, por lo menos siempre están las luces prendidas: tenemos un generador eléctrico propio.

—Entiendo. Bueno, que tenga un buen día, sigo mi camino.

—No pierda la senda, ya nos volveremos a ver.

Y Camilo siguió viaje en curvas y contracurvas, a un muy buen ritmo, porque ya estaba de bajada.

Anochecía cuando llegó a un nuevo pueblo, que se había formado al costado de la ruta. Era como un oasis lleno de álamos para cortar el viento rodeado del desierto y los cardones que vigilaban. Pasó por la iglesia, por la comisaría y otras oficinas más. Le llamó la atención que no se viera a nadie. La explicación la encontró al llegar a la escuela del pueblo; allí estaban todos, en una fiesta popular. Un afiche anunciaba de un encuentro de todos los fuellistas de los valles. Camilo pagó la entrada y se mezcló entre la gente. Se sentó en una mesa y pidió unos tamales y un vino.

Disfrutaba la música. Se sintió muy bien observando las distintas secuencias: dos ebrios discutiendo acaloradamente, tres galanes que se disputaban bailar con una señorita, los fuellistas, que parecían estar en su propio mundo, otro ebrio que cantaba a grito pelado las canciones instrumentales; todo hermoso. Camilo sintió un baño de mermelada. Miró al cielo y vio el cielo más estrellado de toda su vida. Parecía, si mantenía la vista por un tiempo determinado, que todas las estrellas se le vendrían encima.

Se le sentó en la mesa un ebrio con una gorra con visera viejísima y los ojos rojos y achinados. Se presentó como Liebre y le empezó a hablar. Camilo no le entendía nada, pero quería ser amable, pensaba que podría ser él mismo unos días atrás, cuando se pasó cuarenta y ocho horas bebiendo y de las cuales no recordaba nada. Después se dio cuenta que en realidad el borracho le estaba recitando décimas. Trató de prestarle atención y descubrió que todas terminaban igual: el sufrido trabajador se acostaba con la hija del patrón. "Y qué querrá la hija del patrón", pensaba Camilo. Le dejó la mesa y el vino a Liebre y caminó un poco más por la fiesta. Los fuellistas seguían tocando chacareras y gatos.

Tenía sueño. Casi sin darse cuenta salió de la escuela y retomó la ruta del pueblo. A los pocos pasos encontró un hospedaje. Entró y, como supuso, estaba vacío. En una galería cubierta por una parra había un sillón grande con muchas colchas prolijamente dobladas. Las puso en el suelo y tomó dos: una para usarla de almohada y la otra para taparse. Se escuchaba a lo lejos que la fiesta seguía. Camilo se durmió plácidamente.

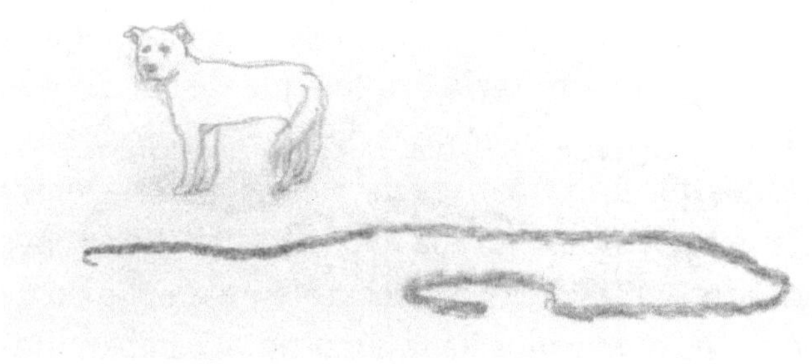

Día 10

Soñó que armaba una pirca con las distintas piedras que tenía a su alrededor. Sabía de antemano cual era la que iba a encajar justito, la levantaba y la colocaba en su lugar. La pirca iba quedando linda, las piedras se hicieron de distintos colores como si fueran de plastilinas para jugar. Camilo le pasó el dedo y quedó marcado. Efectivamente eran de plastilina. Desarmó la pirca e hizo un mazacote de un color indistinto. Empezaba a hacer un piano cuando lentamente abrió los ojos.

Se despertó tranquilo. Había dormido muy bien abrigado y cómodo. Ya apuntaba el nuevo día. Volvió a doblar las colchas y las dejó tal cual las había hallado. Encontró un baño y fue a asearse. El silencio era total. Salió. Escuchó entre el trino de los pájaros que todavía había movimiento en la escuela así que se volvió para intentar desayunar. En un canal sin agua que corría paralelo a la ruta encontró a Liebre que dormía como si estuviera en una hamaca paraguaya. De ahí en más encontró un tendal de gente durmiendo en cualquier posición. Había todavía grupos que discutían y se reían a los gritos con envases de gaseosa descartable cortados que utilizaban como vasos gigantes. Dentro de la escuela no mejoraba el panorama. Borrachos dormidos en las sillas o directamente en el piso de tierra. Los empleados de la comuna ya estaban limpiando y pasaban las escobas alrededor de ellos levantando botellas de plástico y de vidrio, cartones, latas de cerveza y bolsitas de hoja de coca. Camilo se imaginó que cuando se levantaran los borrachos quedarían las siluetas marcadas con los desperdicios que los limpiadores no pudieron barrer.

Algunas de las pascanas todavía funcionaban. Se sentó en una mesa y cuando una señora se acercó preguntó qué le podían ofrecer para desayunar. La señora se fue hasta un aula que funcionaba de barra y le trajo un mate cocido con un pan casero. En otras mesas se seguía sirviendo vino en caja para los últimos parroquianos que seguían en pie. Un guitarrista hacía sonar apenas su instrumento apoyado en un poste. Miraba hacia abajo y su sombrero le tapaba la cara. Camilo tomó el mate cocido y comió el pan con manteca. Después pagó. Se levantó y miró a su alrededor. Paulatinamente se despertaban los borrachos y sin decir nada ni sacudirse se iban por distintas direcciones. Caminaban lento como si todo el cuerpo les molestara. Camilo también inició su caminata. Se notaba en el aire que la primavera ya venía pidiendo cancha.

La marcha no le costaba nada porque el descenso era notorio. A los costados se notaba la falta de agua. La vegetación que predominaba eran los cardones y otras plantas espinudas y toscas. Escasas, casi todo era roca y tierra seca. Camilo recordaba el dibujo en el pizarrón dónde le explicaban cómo las nubes llegaban hasta una ladera de las montañas y allí se condensaban. Del otro lado de las montañas que miraba estaba la selva que muy orgulloso había dejado atrás.

Después de unas cuantas curvas entró en una recta desde donde se podía ver un dique abajo y un pueblo. A los costados empezaron a aparecer casas. Caminó un poco más y se encontró con una rotonda. Miró para ambos lados de la ruta, por donde venía y hacia donde iría si no la abandonaba. Por los dos lados tenía que ascender. En cambio, si se desviaba para entrar al pueblo por una ruta que se dirigía a la derecha, descendía. Se imaginó un embudo que inexorablemente lo llevaba hacia allí. Tenía mucha hambre por lo que no lo pensó más y entró a la población.

Pasó por un camping en donde vio una gran pileta que contrastaba rotundamente con el río seco que pasó después sobre un puente. Hizo una curva, una contracurva, y llegó a la plaza principal. Caminó por ella. Le llamó la atención un montículo de piedras en su centro con un cartel que decía Apacheta. Después buscó un bar y pidió un suculento plato de milanesa con papas fritas. Comió despacio, aprovechando su buen humor. Desde la mesa observaba la plaza. En una esquina había unos remiseros que jugaban al truco. Cada tanto se levantaban para discutir efusivamente algún punto. En ningún momento alguien se acercó para solicitar sus servicios. De postre comió un dulce de cayote con nueces. Se levantó de la mesa para que la ocupe otra persona. Tenía ganas de seguir en esa esquina así que fue a un almacén y compró una cerveza. Volvió y se sentó en la vereda, bajo la precaria sombra de un arca. Abrió la botella, arrojó un chorrito a la tierra para agradecer a la Pachamama imitando a unos parroquianos que lo habían hecho unos minutos antes. Tomó un trago.

—Buenas —sintió una voz atrás suyo.

Camilo se dio vuelta y encontró a un viejo sentado cómodamente en la silla que estaba desocupada instantes antes. Tenía un sombrero que le tapaba la pelada y un bastón. Estaba muy flaco y llevaba una mochila destartalada.

—Si me comprás un vino Animaná, son los mejores, empiezo a hablar —agregó. Camilo pensó en esas estatuas vivientes que cuando alguien le ponía unas monedas a sus pies se empezaban a mover. Con todo gusto entró al almacén y le alcanzó la caja. Sin prisa, el viejo abrió el envase de vino y se sirvió en un vaso teñido de ingestas anteriores. El resto lo puso en una botella de plástico que tenía un cartel que decía "pausterizada" y lo guardó en la mochila.

—Para después —dijo y se presentó:

—Me llamo Chano y soy santiagueño, estoy aquí hace como veinticinco años, fui médico y músico, toqué con Peteco, Juan Saavedra y Jacinto Piedras. Ahora estoy estudiando unos libros de psiquiatría. Mamita, si sabía dónde me metía no los leía ni en pedo. Miedo me da hijo, miedo me da —tomó un par de tragos y siguió:

—La mente está llena de placas, como los continentes, que se van acomodando, y hay terremotos también. Pero bueno, se van acomodando y como se acomodan es como sos. Pero se pueden desacomodar, barajar y repartir de nuevo. Te doy un ejemplo, la gente es hincha de un equipo de fútbol, y da la vida por ese equipo. Y lo realmente conmovedor del hincha es que, aunque no tenga ninguna razón para serlo, lo siga siendo. O el concepto de nación, nos meten en la cabeza que somos todos de eso que nos muestran delimitado por unas líneas en mapas que entran en las carpetas de los que van a las escuelas. Mirá, los que deciden, decidieron abandonar todo el norte que, si no fuera por Belgrano, Güemes, y tantos hombres y mujeres de aquí nos entregaban así como así. Y en nombre de la nación, con minúsculas, decidieron cerrar once ingenios por aquí dejando cien mil desocupados para favorecer a uno sólo que quedaba en Jujuy y era de un porteño. Y destruyeron todos los quebrachos y obligaron al santiagueño a cambiar de vida, dejar de pastar sus cabras, para ser hacheros. Y así hicieron las vías del ferrocarril para que Buenos Aires tenga subte. Mirá, si hasta se ríen de nosotros. Hacen ese horrible obelisco pene y ponen a su alrededor todos los escudos de las provincias como mirando y haciendo pleitesía. Dejate de joder...—tomó un respiro y otro buen trago de vino.

Pasaba en ese momento un muchacho con una guitarra y el Chano se la pidió.

Un poco abrumado por lo sorpresivo el joven se la cedió. La tomó el viejo y empezó a cantar con una voz ronca, las cuerdas se estiraban hasta más no poder y el dueño del instrumento sufría. Terminó el tema, que hablaba de una cucaracha que ya no podía caminar y se la devolvió.

—Es buena, chango—le dijo. Tomó otro trago de vino y, menos enojado, siguió:

—La cosa es así, tenemos placas en el cerebro, cada placa son como ideas fijas que se juntan y nos da la impresión de que pensamos de corrido. Y bueno, si algo no anda bien, sacudís un poco la croqueta para que las placas se acomoden de otra manera. Vas probando y probando hasta que más o menos te guste lo que quede.

Camilo quedó atónito, miró un segundo al árbol que le estaba dando sombra, después miró la plaza y tomó otro trago de su cerveza. Cuando quiso mirar de nuevo para donde estaba el viejo encontró la silla vacía.

Amó al viejo. Se sorprendió del sentimiento. El amor le salía a borbotones de su ser. Hacia el viejo, a Luz, a los mellizos que no le quisieron pegar, a la señora amable que le había convidado un guiso hasta con duraznos, al barrendero de la tuerca, a los cuidadores del cielo y el infierno, a los de la Logia de

Corazones Rotos, a Adriano el trapecista, al vendedor de hierbas, a la familia que estaba por hacerle una pieza al hijo, al árbol que le convidaba con su sombra, a un perro que pasaba por ahí y al muchacho que le prestó el monociclo.

Tomando cervezas, en unos asientos de piedra, estaba el muchacho del monociclo. Fue hasta allí, lo saludó y se lo alquiló por unas horas. Se subió, dio tres pedaleadas y se estampó de espaldas contra el suelo. Dolorido lo volvió a intentar. Otro golpe, esta vez hacia adelante.

—¡Bien, bien, muy bien! —dijo Esteban, lleno de alegría.

—¿Te parece? Me reventé contra el suelo.

—Muy bien, ¿no ves que ya no buscás el manubrio? Pasaste de nivel como Juan Gaviota o Mario Bros. Cuesta encontrar el equilibrio, cuesta mucho, pero ahora sabés qué músculos tenés que usar, qué pose tenés que adoptar. Ya no está el manubrio en tu cabeza, ahora te la tenés que arreglar solo, a los golpes capaz. Es como cuando le sacaron las rueditas del costado a tu bicicleta de niño: aprendés que el equilibrio está en la velocidad y que es el miedo el que te hace caer muchas veces. Camilo sintió que era verdad. Que en cualquier momento podría encontrar el equilibrio, que ya no tenía esa inercia que lo llevaba a buscar el apoyo con las manos a unos inexistentes manubrios.

Después de unas horas de intensa práctica y no pocos golpes pudo dominar el vehículo. Entonces se planteó el desafío de dar la vuelta a la plaza. Empezó por el lado del hospital para estar cerca ante cualquier emergencia. Pedaleaba y sentía lo frágil del equilibrio. Vio a un costado a Adriano el Trapecista que le decía que iba bien, que se tenga más confianza. Hizo más fuerza con los pies, buscando la velocidad justa. Los niños que estaban en la parte de los juegos se le pusieron atrás y lo empezaron a seguir. Ya llegaba a la primera esquina cuando creyó verla a Luz en el Jeep. Ahora tenía unos grandes parlantes desde donde comenzó a sonar a todo volumen Carrozas de fuego: tan tatata taaa, tan tatata taaaaaa, tan tatata taaa taaa, tan tatata taaa...

La música le dio valor para inclinar su cuerpo y poder dar la vuelta. Ahora pasaba por frente del banco y de la iglesia. Una procesión muy numerosa que llegaba se dispersó para poder mirar la carrera de Camilo. "Como si saliera último en una carrera que no hay" recordó el muchacho que le había dicho el vendedor de yerbas que ahora estaba ofreciendo cubanitos a la multitud curiosa.

La gente lo alentaba, creía reconocer los gritos de los muchachos de la Logia de los Corazones Rotos que se habían llegado hasta allí en una primera salida a la civilización. Cuando llegó a la segunda esquina ya se sentía más seguro y pudo doblar con más soltura. Alcanzó a divisar al barrendero que tanto le había hablado de los prejuicios. Hablaba animadamente con la señora de sonrisa amable y pelo blanco. "A veces somos tractores y a veces somos piano" le había dicho la señora. Camilo sentía que toda esa música provenía de él. Movía los brazos libres imitando a un director de orquesta como si dirigiera la obra de Vangelis que seguía sonando a todo volumen.

Cuando dobló en la tercera esquina y se encaminaba por la recta final había tanta gente, que habían puesto vallas de contención. Camilo ya empezaba a saborear el triunfo. Imaginó fuegos artificiales para saludar su llegada. Con toda la confianza empezó a acelerar, le encantaba que le saquen fotos. Cuando ya se deslizaba cómodamente recorriendo los últimos metros con los brazos extendidos porque ni se acordaba del manubrio sintió una fuerza que lo llevó de bruces hacia adelante, apenas tuvo tiempo de poner las manos. Dio varias vueltas por el piso y quedó mirando hacia el cielo. El monociclo quedó a varios metros de distancia. Se quedó quieto porque a partir de ese momento se había desvanecido la música y el griterío de la muchedumbre. Efectivamente, la plaza estaba casi desierta. Esteban había recuperado su monopatín y lo miraba, esperaba que se reincorpore. Camilo lo miró también ansioso de alguna explicación.

—Tranquilo, simplemente pasa que tu mundo volvió a girar.

Índice

www.ingramcontent.com/pod-product-compliance
Lightning Source LLC
LaVergne TN
LVHW041130150826
845673LV00007B/2255